U0504941

顾　问 \ 王世华　洪永平

主　编 \ 潘小平

副主编 \ 陈　瑞　毛新红

总策划 \ 金久余

策　划 \ 潘振球　程景梁

郑建新　著

茶色最是祁门红

CHASE ZUISHI QIMENHONG

全国百佳图书出版单位

时代出版传媒股份有限公司

安徽人民出版社

图书在版编目（CIP）数据

茶色最是祁门红 / 郑建新著 . — 合肥 : 安徽人民出版社，
2018.6（乡愁徽州 / 潘小平主编）

ISBN 978-7-212-09955-8

Ⅰ.①茶… Ⅱ.①郑… Ⅲ.①散文集—中国—当代
Ⅳ.①I267

中国版本图书馆 CIP 数据核字 (2017) 第 304012 号

潘小平　主编

茶色最是祁门红

郑建新　著

选题策划：胡正义　丁怀超　刘　哲　白　明
出 版 人：徐　敏　　出版统筹：徐佩和　　责任印制：董　亮
责任编辑：肖　琴　　装帧设计：宋文岚

出版发行：时代出版传媒股份有限公司 http://www.press-mart.com
　　　　　安徽人民出版社 http://www.ahpeople.com
地　　址：合肥市政务文化新区翡翠路 1118 号出版传媒广场八楼
邮　　编：230071
电　　话：0551-63533258　0551-63533259（传真）
印　　刷：安徽新华印刷股份有限公司

开本：880mm×1230mm　1/32　印张：8　字数：150 千
版次：2018 年 6 月第 1 版　　2018 年 6 月第 1 次印刷

ISBN　978-7-212-09955-8　　　　　定价：38.00 元

乡愁深处是徽州

潘小平

家庭是中国人的宗教，乡愁是中国人的美学。

每一个伟大民族，对世界文学都有着自己独特的贡献：俄罗斯因幅员辽阔，横跨欧亚大陆，为世界文学贡献了巨大的贵族式悲悯和波澜壮阔的美感；法国文学因是摧枯拉朽的法国大革命催生的产物，充满了大革命的激情和憧憬，从而形成了浪漫主义的文学品格；十八世纪至二十一世纪，批判现实主义作为英国小说的优秀传统，一直是主导英国小说创作的主流；而中华民族对于世界文学的独特贡献，则可用"乡愁"二字来概括。"乡愁"更是一种文化、一种传统。

什么是"乡愁"？"乡愁"就是故乡的土、故乡的人、故乡的老屋和老树，是儿时傍晚母亲的呼唤，是海外游子对家乡一粥一饭、一草一木的眷恋，是诗人李白"举头望明月，低头思故乡"的怅然。中华文明绵延数千年，发展出了独特的价值体系和审美体系。李白的"举头望明月，低头思故乡"，崔颢的"日暮乡关何处是，烟波江上使人愁"，王安石的"春风又绿江南岸，明月何时照我还"，李益的"不知何处吹芦管，一夜征人尽望乡"，岑参的"故园东望路漫漫，双袖龙钟泪不干。马上相逢无纸笔，凭君传语报平安"，等等，不仅表达了悠悠不尽的思乡之情和漂泊之感，更表达了一种笼罩于具体思绪之上的对"故乡故土"的思念。因此中国人的"乡愁"，不单是对自己生活过的具体的故乡、故土、故人、故物的不舍，也是对整个中国历史、整个文化传统的感念，是浓缩了的"故国时空"，是审美化的民族情感。它不仅是地理的，还是历史的；既是个人的，也是民族的；既是情感的，也是审美的；既是具体的思念和愁绪，也是一种无形的氛围或气息，氤氲缭绕，久久不散。它可以是屈原时代的汨罗江、抗战时期的嘉陵江，也可以是苏东坡的长江；可以是杜甫的江南、李白的江南，也可以是郁达夫的江南。这就是所谓的"文化乡愁"，代表了中国人的一种历史归宿感和文化归属感。

表达和抒发"文化乡愁"，是我们组织编撰这套丛书的初衷，也是它的精神指向和情感指向。

相对于今天的人们来说，徽州是一个古老的地理概念，它包括绩溪、歙县、休宁、黟县、祁门和今天已经划归江西的婺源，以及在一定历史时期同属于徽州民俗单元的旌德和太平。进入皖南山地之后，峰峦如波涛般涌来，能够感到纯粹意义的地理给人带来的震撼。从地理环境上看，徽州自古以来就是一个独立的单元。早在南宋淳熙《新安志》的时代，徽州就有"山限壤隔，民不染他俗"的说法。所谓"山限壤隔",是说徽州的"一府六邑"处于万山环绕之中,是一个具有相对独立性的地域社会;所谓"民不染他俗",是指在一个相对封闭的地理环境中,徽州逐渐形成自己独特的风俗和民情,成为一个独立的民俗单元。从唐代大历四年(769 年)开始,到明清之际,徽州的辖区面积一直都比较固定。据道光《徽州府志》卷一《舆地志》记载,清代徽州府东西长三百九十里,南北长二百二十里,如果采用现代计量单位,总面积为 12548 平方千米。

山高水激,是徽州山水的特点,因此进入徽州,桥梁会不断地呈现。那都是一些老桥,坐落在徽州的风景中,画一般静默。不知为什么,徽州的老桥,总给人一种地老天荒的美感。常常是车子在行驶之中,路两边的风景一掠而过。蓝天、白云,树木、瓦舍,在山区的阳光下,水洗一般的清澈。突然,一座桥梁出现了,先是远远的,彩虹一样地悬挂,等到近一些了,才能看清它那苍老而优美的跨越。这时会有一些并不宽阔的溪流,在车窗外潺潺流淌,远处有农人在歇息、牛在吃草。

不知道那是一条什么河,也不知道它最终流向哪里去,在徽州,这样叫不上名字的河流溪水遍地流淌,数不胜数。"深潭与浅滩,万转出新安",所以人在徽州,最能感到山水萦绕的美好。在徽州的低山丘陵间,新安江谷地由东向西绵延伸展,它包括歙县、休宁和绩溪的各一部分,面积超过一百平方千米。这就是我们平常所说的休屯盆地,在徽州,它甚至可以称得上是一望平畴了。这里土层深厚，阡陌纵横，鸡犬相闻，缭绕着久久不散的炊烟。迁入徽州的许多大家望族，都居住在这一带，一村一姓，世代相延。有时翻过一道山岭，或是进入一条溪谷，会突然发现其间烟火万家，那便是新安大姓聚族而居的村落了。在徽州，聚族而居是一种普遍的风俗。因此徽州的村落大多屋宇错落，街贯巷连，醒目的粉墙黛瓦，富有鲜明的皖南民居特色。徽州的街巷，也多是青石铺成，路两边的沟渠里，长年流水淙淙。徽州老屋，是中国大地最具辨识度的建筑，"有堂皆设井，无宅不雕花"，是对徽州民居的最准确的形容。"堂"指阶前，"井"指天井，徽州建筑所谓的"四水归堂"，是指将住宅屋面的雨水集于天井之中。徽州民居的各个部分，主要是门楼、门罩、梁架、窗棂、栏杆等处，都饰以各类雕刻，"徽州三雕"艺术，就集中体现在这些地方。

在徽州的村落里，耸然高出民居的最雄伟宏丽的建筑，是祠堂。祠堂是全宗族或是宗族的某一部分成员共同拥有的建筑，具有重要的社会意义。名宗右族，往往建有几座甚至几十座祠堂，祠堂连云，远近相望，是徽州一个重要而独特的现象。而牌坊是与民居、祠堂并存的古建筑，共同构成徽州独具一格的人文景观。"七山一水一分田，一分道路加庄园"的自然环境，造成了徽州人深刻的危机意识，为了生存，人们蜂拥而出，求食于四方。徽谚所谓"前世不修，生在徽州，十三四岁，往外一丢"，由此形成了一支强大的商业力量，史称徽商。徽商的经营范围，以盐、典、茶、木为主，而徽商中的巨商大贾，大多是盐商。明代万历年间，徽商逐渐取得了盐业专卖的世袭特权，他们大都宅居于长江、运河交汇处的扬州一带。明清之际，江浙共有大盐商三十五名，其中二十八名是徽商。几百年来，徽商的足迹无所不至，遍及天涯海角，在东南社会变迁中扮演着重要的角色，以至于在江南一带，有"无徽不成镇"的说法。

今天看来，徽商重大的历史贡献，在于它以雄厚的财力物力，滋育出了灿烂的徽州文化。从广义的文化范畴来看，徽州地区在徽商鼎盛的那一历史阶段，一切文化领域里的成就，都达到了当时我国、有些甚至是当时世界的先进水平。比如徽州教育、徽州刻书、徽派朴学、新安理学、徽派建筑、徽州园林、新安画派、徽派篆刻、新安医学、徽派版画、徽州三雕、徽州水口等。而这一时期，徽州的自然科学、数学、谱牒学、方志学，也都有了很大的发展，并且富有特色。徽剧和徽州菜系的诞育与形成，更是与徽商奢侈的生活方式有关，所以梁启超才在他的《清代学术概论》中，把以徽商为主体的两淮盐商对乾嘉时期学术的贡献，与南欧巨室豪贾对欧洲文艺复兴的贡献相提并论。清末民初，安徽涌现出那么多的思想家和精神领袖，是明清两代经济文化积累的结果，流风所至，一直影响到"五四"前后。

而今天，这一切还存在于大地，在新安江沿岸，至今还留有一些水埠头，比如渔亭、溪口和临溪，比如五城、渔梁和深渡……而古老的新安江也一如既往，日夜奔流，两岸的老街、老屋、老

桥，祠堂、牌坊、书院，在太阳下静静站立，被时光淬过的木雕、石雕和砖雕，发出金属般久远的光芒。而绵长如岁月一般的思绪，在作家们的笔下缭绕，给你带来人生的暖意和无边的惆怅。

徽州还好吗？老屋还在吗？曾经的徽杭古驿道，还有行旅吗？

乡愁深处是徽州，徽州深处是故乡。

2017 年 12 月 1 日

于匡南

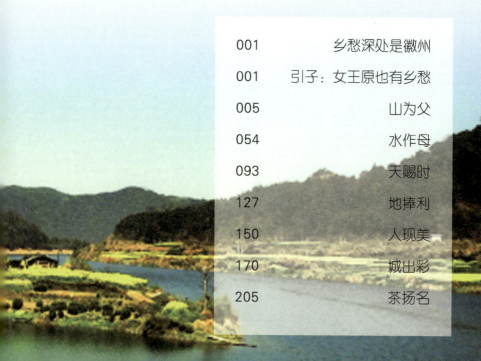

目 录

引子：女王原也有乡愁

如今地球村玩微信的网民，都有一随心所欲档案，内容真假难辨，然情趣必真无疑。我的微信档案，当然也有审美取向。昵称：祁红庄园，微信号：QHZY1875，地区：英国伦敦。之所以这样，完全事出有因。缘由就在伦敦白金汉宫的早晨，是因茶香而开启，英国女王起床的第一件事，是品饮一杯仆人送上的红茶，其中经常就有来自我家乡的祁门红茶。祁红庄园实为我的精神王国。

祁门，我的故乡。我一直在想，近代一百多年来，故乡这块土地，奉献给世界的最好礼物是什么？毫无疑问，答案就是公元1875年问世的祁门红茶。世界也仗义，给祁红以至高无上的荣誉——茶中英豪、群芳最、祁门香，等等。乃至中央定之为国礼，领袖频携作外访，官方命祁门为中国红茶之乡。缘此，祁门有了一张通行国际的金色名片，一下子驰名中外。

就这样，我有幸和女王联系到一起，我们互以祁红为终端，我在源之头，她在流之尾。尽管历史上，女王国家曾侵犯过我的母国，我考虑那是缘茶而起，决定不计前嫌。

那天我去拜见女王，白金汉宫隔着银色铁栏杆，静静伫立。宫廷外绿草如茵，头戴绒盔全身红衣的卫士，骑着高头大马，一字排开，肃然静立。我不知道，这是女王生活中必要的仪式，还是专给我的礼遇。而此时我的心中，一直思考的是见到女王所要提的话题，诸如你们对红茶为什么那么虔诚？品茶方式为何带有宗教仪式感？贵国怎么就成了世界红茶王国？当然最重要的问题是：请问陛下，您为什么这样喜爱祁门红茶？

行前，我甚至极其认真地做了调研。譬如我专门去比利时首都布鲁塞尔，那是第二十六届世界优质食品评选会颁奖的地方，祁门红茶曾在那里摘取金奖桂冠，会场重地的希尔顿酒店还隆重升起五星红旗。我下榻酒店虽不是希尔顿，但我仍想考量一下祁红的影响。用早餐时，我专门带上祁红和茶杯，因不懂外语，便在手机上输入热水的英语单词，而后叫来服务生。我手指祁红，请他阅读手机。尽管西方人并不喝热水，然服务生绝顶聪明，听罢我话，立马甩出一串 Yes，奇迹顷刻发生。他不但找来热水，甚至带来糖罐和牛奶，十分恭敬地递到我面前，还表示可以为我调泡祁红。再譬如到伦敦，我以中国式思维，满大街寻找茶城茶市类购茶的地方，结果白费心思，伦敦根本没这场所。英国人给我的答案是：我们平均每人每天要喝5杯茶，年茶叶消费量占世界总产量的四分之一。我们每年出版一本《全英最佳茶屋指南》，专门介绍有特色的喝茶场所。因为我们深知，喝茶是一项不同平常的体验，需要与高尚气氛、高雅茶具、高贵厅堂，以及训练有素的茶保配套，尤其品饮中国祁红，更要虔诚，只有这样才能体现物质与精神并重的享受。我们女王更是茶王，她每日的餐单中，茶绝不可少，哪怕出宫巡访，也会随身带着红茶和茶点。鉴此，我需要郑重其事设计我的提问，决计为女王量身定做N个针对性极强的问题，同时我还打算以祁红主人的身份，向女王发出邀请：欢迎陛下在适当时候，前往祁红茶乡考察参观。

女王不愧是女王，面对我的一串提问，气定神闲，从容矜持，拈花微笑。她躲在面纱后的尊贵脸庞，甚至眉毛也因激动而扬起。但估计出于我是草根的考虑，她不能失去皇家风范，于是也像我一样，一口气抛来许多问题，像一座大山突降面前，令我难以作答。

女王的问题犀利而深刻：你们种茶的山是什么样的？你们的茶是怎样运到我们英国的？你们祁红是怎样创制面世的？为什么后来居上名列世界三大高香茶之首？邓小平先生为什么对祁红高度赞赏？你们茶乡人是怎样的风貌？你们祁红历史文化有怎样的遗产？

你们除茶品以外还有什么业态?

　　我原以为,我到英国问茶,是源于对祁红远走他乡的问候,是一种乡土式乡愁。而现在发现,女王原也有这样情结,她所关心的是对祁红故乡的思考,是对根的追溯。无疑这也是乡愁,是一种国际范的乡愁。

　　我与女王交谈正欢,室外哐当一声,女王突兀不见。我睁眼四望,这才发现,原是南柯一梦。梦醒了,然梦境仍鲜活无比,尤其女王所问话题,坚定牢固扎我脑中。俗话说,日有所思,夜有所梦。中国是茶的故乡,中国更是红茶的故乡。既然世界红茶王国女王,提出如此问题,我当认真应对,以便有朝一日,真正面见女王的时候,我告之茶乡以山为父、水作母,集天时地利人和于一体,孕育出骄子圣茶祁红,成就地球红茶之王,经历风风雨雨,穿越百年,以深山产茶小县无缝对接世界消费茶国,扮靓两极,给世人惊喜和惊艳。

山为父

有望入册的国宝茶地

要圆满回答女王的问题，首当其冲是要找到祁红源头茶地。丙申年阳春三月，我出发了。

我来到祁南平里镇贵溪村，不费吹灰之力，便见到祁红鼻祖胡元龙故居。然这不是我之目的，我急需要见的，是百年前所开垦的茶园。因史料载：清咸丰间，贵溪一年轻后生，做出惊天决定，辞去县团把总，即相当于今天公安局局长职位，回家开荒种山，于深坞建山房，带几十长工，常年耕种，垦出大片茶园，这人就是胡元龙。其亲撰宣泄家国情怀的对联，至今仍在传颂：

　　垦荒山千亩，遍植茶竹松杉而备国家之用；

　　筑土屋五间，广藏诗书末耜以供儿孙读书。

　　对于我来寻胡元龙茶园，村里很重视，专门安排了老汪带路。我们出村口东行，须臾见到皖赣铁路，锃亮铁轨静躺大山怀抱里，两端无限延伸。铁路通往未来，而我寻找过去，虽有点滑稽，但我深知意义极大。我们沿铁路行走十多分钟，左折踏羊肠小道，进入一山坞。坞口颇封禁，初时还有水田，略比八仙桌大，然荒芜多年，金黄茅草映射春天太阳，格外明亮。我们沿山道行走，且行且深，坞内地势渐趋阔达，且十分幽静。须臾我听到淙淙泉声，我循声而望，发现溪畔全是石块砌就，立面规整，被藤蔓掩于水中，一路延伸，足有数百米。我问老汪："石畔什么时候砌的？"老汪答："早就有了，具体年份不知道。"再问："是胡元龙工程吗？"老汪似自言自语："很可能。"

　　行至一洼地，老汪驻足，挥手中草刀，朝空中一划，说："这周围的山，都是胡元龙当年开的，松树、杉树、毛竹、油茶都有，好几千亩。"我举目看，见周遭尽高山，海拔近千米，

※ 胡元龙所植茶树

※ 培桂山房遗址

漫山遍野,植被葱茏,虽时属初春,生机还待勃发,但不少地方花朵已崭露头角,钻出树丛,洒出粉红夹白一片,点缀山间,蛮有味道。我问:"史料载胡元龙开垦荒山,最多是茶园,茶园在哪?"老汪再挥刀右指:"那儿都是茶园,翻过去更多。那里还有路,我们村人采茶都要走。因你要看棚基,我就带你走近道。我们现在就去。"

右边果然大片大片茶地,完全是传统丛植那种,一株连一株,一块隔一块,漫山遍布,展陈在茂密丛林中。我们吭哧吭哧爬上去,看茶棵苍翠欲滴,多数已爆米粒茸芽,显出极旺盛长势,生机盎然。我问:"这就是胡元龙当年开垦茶园?"老汪肯定地点头,我意犹未尽,感觉困惑,继续问:"这些茶棵看样子不过几十年呀?"老汪笑道:"一百多年前茶棵,假如长到现在,比人还高,没法采呀。我们是每年秋季,就对茶树台刈,也就是砍去高枝,留下根基,待来年爆芽。你要找老茶棵,往茶地中间去,看见乌黑茶树,下面根部粗壮，就是百年老茶。"我急忙钻入茶丛，俯身下探，果然发现不少老茶，根硕干壮，径逾碗口，橙中泛乌，显出深沉年轮，百年遗痕，一览无余。

老汪趁我寻老茶之际，左攀而上，砍开藤蔓，劈出道路，便呼叫我。我一路攀爬，须臾被一道石坝迎面挡住。老汪立其上，说："你必须爬上来，坝上就是当年胡元龙的屋基。"我举头望坝，又是石块砌就，高过人头，宛若城墙，掩埋藤蔓中，足有三五十米长。我脚踩石缝，手拽树根，费力攀上石坝。眼前豁然开朗，阔绰一平坦，足有五亩大小，由好几道石坝砌为几梯。梯梯长满树木，上下呼应，俨然成林。而房基全被掩埋在柔软树叶中，难见踪影。我在林中行

※　国宝茶山

走，试图找出山房残迹，虽未果，却意外发现一泓山泉，清冽甘甜。老汪说："这是当年胡元龙他们的用水，那些长工基本是湖北英山人，好几十个，至今村里还有他们后代。胡元龙带领他们在这里开山垦荒，办茶厂，开油榨。因茶是卖汉口的，茶厂事，村人不清楚，但油榨事，我们知道。譬如胡元龙定过规矩，村人翻山来打油，假如路上油泼了，晴天不补，雨天全赔。因为雨天路滑……"我听着老汪的故事，依据眼前气势，遥想当年山房，同时想到女王，恨不得立马告诉她，祁红源头茶地，被我找到了。

下山途中，老汪指路边一岩宕说："这是当年胡元龙开凿石头的地方。"我看到好大一片洼地，虽苔藓遍布，然凿痕依稀，折射出当年筚路蓝缕的坚韧。我再问："这片山坞叫什么地名？"老汪说："先前名字不知道，现在叫棚坞，也有人叫棚脚，理由就是因山上有胡元龙的山棚！"

棚坞，好贴切的地名，山味弥漫，野气蓬勃，无论气势，还是基业，均不是一般凡人所能享用。古人言：厚德载物。正因有这样一片不同凡响的深山林地，经超凡脱俗的胡元龙打造，才问世了后来举世闻名的祁红。从而验证一道理：有多大格局，就有多大事业！

类似棚坞茶地，祁门境内成千上万。史料载，民国八年（1919年），全县茶园不足两万亩，1949年面积近五万亩，至2015年，达十六万亩。

茶园铺天盖地，漫山遍野，由此构成祁红大业之基。其中棚坞无疑是典范，然比棚坞出类拔萃，既有人文故事，又饱载科技历史者，大有他处。譬如平里郭口就是。

民国二十二年（1933 年），被后人誉称为当代茶圣的吴觉农，在一个漆黑夜晚，于平里茶业改良场，拧亮煤油灯，摊开稿纸，写下这样一段话："祁场茶树，虽为国立时代所播植，而其株列一如旧式，无不尽作散丛。集约经营，自以条形为优良。……此一新式

※　国宝茶山

茶园，告成之后，不但在本场事业，作伟大之基础，即安徽，甚至全国茶树移培之合理化、科学化，亦将以此为起点。"先生所说的祁场，是 1915 年农商部在平里创建的祁门茶业改良场，

※ 国宝茶山

历经沧桑，坎坷一路。先生所说新式茶园，是改良场的郭口茶地。其时吴任场长，带领一批爱国茶人，为振兴华茶，舍都市繁华，来偏僻此山，筚路蓝缕，大胆革新。郭口新式茶园起点的标杆，就是安徽，乃至全国，可见胸怀之阔，视野之宽，立意之高。先生的文章后发表于 1934 年《国际贸易导报》，而我寻此茶园，可大费周折。那是 2013 年夏，香港《茶缘天下》电视专题组约我策划祁红片事，我认为以此茶园入镜，肯定有视觉冲击力，然茶园是否存在，我不清楚。导演惊艳无比，说是发现国宝，当即驱车出发。我们冒酷暑到郭口，问当地老农，老农轻松淡定："是有一片茶园，好几百亩，是平里中学学农基地。"当即有一瘦黑高个后生挺身而出，说："我读书时，种过那茶，我带你们去。"我们从平溶公路西折，过小桥，

※ 吴觉龙所垦茶园

行几里，跟青年爬登右山，果见茶园一片，梯状盘山，层叠而上，条形笔直，绿意盎然。遗憾的是，因缺乏管理，茶园被茂密野草和参天树木所掩，然长势仍旺，茶旗摇曳，苍翠欲滴，整个山坞，生机勃勃。后生说："我早听说，这片茶园是国有，'文化大革命'前夕，划拨给我们建校。我们每年来除草施肥采茶，但并不知道，茶园是民国时留下来的，有悠久历史。更不知这是全国范本，在中国茶史上有地位。"我完全理解后生的话，祁门茶区，茶山遍布，司空见惯，久闻不见其香。即使满载科研人文丰姿，有里程碑意义，但多数人并不知道。幸好觉农先生留下文字，我感觉理应担当，于是逢机会便大力宣传，使劲建言，千万妥善保护。

提到条播茶地，其实郭口只是小试牛刀，真正大动作，还在后面。1936年，又是一个春天，一位儒雅青年，带一班茶工，来到祁城桃峰山脉。茶工肩扛塔尺，身背水平仪，跟着青年指挥的哨声，满山忙碌。青年不时又举起小旗，使劲挥舞。他不知道，这一挥居然挥出了历史高度。2011 年，中国茶叶博物馆馆长王建荣先生带人专访桃峰山，邀我作陪。我们走茶园，攀山巅，立参天树下，听山风呼啸，看树浪排空。馆长看满山梯茶层叠，宛若绿龙起舞，山径盘旋，忽隐忽现，茶旗临风，绿意飘摇，大为赞叹，说："这样优美茶园，堪称壮举，在中国茶史上至少有四个制高点：一是条播密植，旨在增加产量；二是等高梯形，旨在便于管理；三是'之'字山路，旨在水土保持；四是专业育种，改良茶树植法。这种早期新式茶园，

※ 国宝茶山

不可多得，当列为国宝级保护。"馆长的话使我想起当年那位儒雅青年，他就是被今人誉为中国茶树栽培之父的庄晚芳，时年二十六岁，刚从南京中央大学农学院农艺系毕业，应全国经济委员会之聘，来到祁红茶区，从此踏上茶路。桃峰山茶园为其开山之作，一出手便载誉天下，成为奠定日后权威地位的基础。如今这片茶园面积虽从原先数百亩，留存不足百亩，然风貌如旧，风光撩人，故事更动人。县里高屋建瓴，早将此辟为茶山公园，路口建门楼，山脚竖采茶女塑像，像后立照壁，上书小平赞语："你们祁红世界有名！成为茶乡地标景观。"

长袖善舞，当为事业最高境界。祁红源山而出，更当缘山而名，缘山而富。棚坞也好，郭口也罢，茶山公园更不待说，都是大山奉献的宝藏，安徽没有，中国罕见。为此祁门决定将这些茶宝，与其他诸如改良场遗址等百年遗珍一道，打捆申报祁红线性文化遗产，并专门写入政府工作报告，创意之新，眼光之锐，堪称漂亮而高端的出手。鉴此，我当深情祈祷，祝愿早日成功。

林茶瓷的江湖

祁门土地结构：九山半水半分田，包括土地和庄园。祁人业茶，首当其冲要生态，茶人起家，多从山取。

森林是命根。先说一血淋淋故事：古时，某村许多人上山偷树，族长之子急忙回家报告父亲。未料父亲说："你也去砍！"为儿者于是抢刀就走。须臾，父亲也扛斧尾随而去。到山中，父亲寻至儿子身后，大喝一声："你个畜生，居然敢来偷树？"话毕，挥大斧，猛砍下，顿时其儿脑瓜开瓢，鲜血四溅，震慑满山偷树人四散开溜。

※ 林业标本

※ 祁城茶园

故事真实与否不说，但流传甚广。背景是旧时刀耕火种，乡人朝出夜伏，靠山吃山。其时山场私有，村人以宗法管理，加之运输困难，卖柴售木，量少有序，林木十分丰盛。中华人民共和国成立后，国家搞计划经济，林归公有。"大跃进"年代，万人大进山，砍砍砍，森林惨遭洗劫。"文化大革命"后，以粮为纲，毁林种粮，乱砍滥伐成风，而后大造兽不留鸟不来的速丰林，天然阔叶林所剩无几。1981年后，山林到户，因一山多主，一户多山，致使乱象丛生，年伐量多在二十万立方米之上。1987年后，随着劳务大量输出，以及联合林场、股份制林场兴起，加之国家退耕还林政策出台，伐量锐减，林业生产渐入良性循环轨道。砍伐退居其次，封山升至首位。

一年忙到头，茶叶和木头，茶为祁人经济又一支柱。清明谷雨人最忙，起三更摸半夜，男女老少齐上阵，风雨无阻。男人是做茶一族，老人是守家一族，爬山越岭即妇女，早上空篮出门，晚上荷担而归，天晴一顶草帽，下雨一身雨衣。一叶知秋，采茶队伍有一特殊构成——童子军，是为独特风景。童子军由中小学生组成，逢茶季，功课再忙，学校也放假，政府文件称之为茶假。既体验劳动艰辛，又是业茶启蒙，还贴补家用。我读过一位叫琼的女生回味自己采茶的文章，有滋有味：

> 二十世纪七八十年代，祁城居民都将采茶拣茶当作主要收入，我们学生也不例外。那时县城茶园属国有，员工平时管理茶园，到茶季可吃香了，每天任务就是给采工带山。一个带山工通常要负责管理十至二十个采工，从分配茶棵，讲述采摘要领，到下山时验收茶棵，看似简单，权力极大。因茶山有阴有阳，有山顶有山脚，长得好，鲜叶多，产量多，工钱也多，谁都想。于是采工都向带山工套近乎，分到好棵就笑，分到差茶就叫，甚至骂娘。每天的采茶就从这笑声和怨声中开始，直至太阳下山。

※ 晒油茶籽壳

※ 山蕨洗粉

祁红曾出口英、德、法、美、俄等五十多个国家和地区,享誉世界。一路走来,跌宕多姿。清末年产一千五百吨许,民国二十八年(1939年)两千四百九十五吨,为高峰。中华人民共和国成立后波浪式发展,1990年三千七百八十二吨,随后国家茶市放开,红茶价格倒挂,绿茶复兴,至1995年绿肥红瘦。进入二十一世纪后,祁红又热。

山面丰腴,山底藏宝。二十世纪八十年代,祁门县委书记杜来春就是最佳挖宝人。说是他某日下乡,车行噗噗,到查湾采育场路口,不料迎面被人挡住。书记睁眼看,是一群年轻力壮后生。后生也干脆,客套话没有,开门见山:"我们知道你是县委书记,找你没别事,就是要工作。我们都失业,我们要吃饭!"此事对杜书记

※ 汪洋瓷品

※ 祁门瓷厂壶

※ 祁门瓷厂茶壶落款

※ 箬坑瓷厂柴窑产品

震动很大，后生大好年华，居然没事干？老杜陷入沉思。有道是无工不富，祁门有什么？瓷矿呀！似乎《天工开物》有载：景德镇瓷土出祁门。书记深入探究，果真挖到宝藏：祁门瓷矿谓之天然配方，储藏量六百万吨以上。清康熙间，贵溪人开南乡龙凤壁矿，鼎盛时作坊十余家。咸丰间，胡元龙等开太和坑矿，为慈禧烧制御床成功。清末倒湖的机械瓷土厂，曾登奏折。1915年祁门瓷土获巴拿马奖，厂家增至五十余家，产量两千吨以上。民国十七年（1928年），增至五千四百吨。中华人民共和国建立后，双溪流设国营瓷土厂，1959年改为祁门瓷厂，现年产日用瓷两千万件，号称安徽瓷老大。以此为酵母，何愁没饭吃？于是，自1985年起，祁门喊出建设安徽瓷城口号，国有乡镇个体一起上，先后有赤山瓷厂、建陶厂、阊江瓷厂、太后瓷厂、箬坑瓷厂、墙地砖厂、锦砖厂、莲花瓷厂等大批陶瓷企业拔地而起，以祁门瓷厂为领军，横空出世，一举构成林、茶、瓷三大经济支柱。不久，又适逢国家下放三线企业，祁门再起朝阳厂等企业，工业大飘红，一度成为全市旗帜，风光无限美。

有道是，好花不常开，好景不常在。其后国家深化改革，社会转型，经济转轨，国退民进，祁门地域边缘化凸显，天生不足，加上观念意识迟缓，经济格局迅速改变。首先，1990年后瓷业大退，数年间，几乎所有瓷厂均歇火走人；其次，国家实行退耕还林，商品材减量，林业贡献滑坡；再次，茶市竞争激烈，挑战严峻。幸喜祁人不服输，不气馁，抗争不息，奋斗不止，日日苦战，年年拼命，调结构，转机制，传统茶业、食品、建筑、木业等继续坚持，新兴电器、纺织、机电等勇猛奋起，以及外来投资者热忱进入，近年再迈新步，渐入佳境。

州县门户大洪当关

　　山有驮富之力，造福人类，还具外联之功，通江达海，大洪岭就是范例。我首走大洪岭，是 1976 年冬。那天阳光灿烂，云淡风轻，天气尤其好。其时我在安陵插队，遇插友招工，要去古楼墩的部队医院体检，邀我陪伴。有道是，人生有三喜：洞房花烛夜、金榜题名时、他乡遇故知，那时知青似为无根一族，有幸跳农门，不啻三中有二，邀我同行，也是喜庆。我们一路北行，穿上张，走凤凰岭。其时学大寨，稻种双季，虽是十月，农民仍在割稻。眼看到琅田，面前遇岔道，因不知路径，我们向路边社员打听。社员说，往古楼墩只有一条路，不难走，但要爬一座山。怕我们不清楚，他干脆爬上田埂，手指北方说，你们沿这路一直往前，过村庄北拐，就开始登山。其时热情待人、淳朴村风至今难忘。我们谢过，循道登山，果见山道逐渐攀高，须臾发现，茅草丛生处，果然有石径。原来是条老路，顿感惊艳。我们喜滋滋攀爬，左折右拐，石径蜿蜒而上，路面

※ 大洪岭古道路口

虽有破损，但基本规整，丝毫不难人。那时我们年轻气盛，遇平坦处，免不了还要停下嬉戏，喜庆洒满山道。边攀边玩，约莫一小时，气喘吁吁到山顶。迎面一石砌拱门，当道而立，门不大，略比人高，门顶长满灌丛，门内幽深清凉。内壁似乎还有碑刻，只因时过多年，记忆模糊。门前尤其宽敞，平整石板，映射泛艳朝阳，熠熠生辉。我们感觉来劲，又是一番打闹，情至深处，惊飞雀，动云影，感觉特好。尽兴玩过，继续赶路。过门洞，山下一片辽阔，豁然开朗，

　※　大洪岭头碑刻

　田野村庄树林河流如画，但很远很小。山路仍为石板，虽沧桑破损，但基本好走。我们几乎一鼓作气跑下山，汗流浃背，估摸一小时许，到达古楼墩，顺利找到部队医院，心中好不欢喜。此路似为我们而筑，何人何时所为？我心生问号。然困惑刚露脸，插友探路回来，说部队医院关门，我们顷刻蔫头耷脑，两个多小时山路白爬，一肚子高兴全报销。无奈之下，我们决定重整旗鼓，返程去安陵西边的雷湖乡医院碰运气。时不我待，说走就走，回程不敢再爬山，改走赤岭公路，一路马不停蹄，几乎小跑，费劲三小时终于到达。至于中餐怎么打理，今天已全无记忆。幸喜的是，雷湖医院终使插友如愿以偿。在医生处，我们告知一天行程。医生说，你们所走山路，原是大洪古道北段，是经雷湖而延伸，你们先来雷湖多好。我们无语，只好以苦笑作答。返程已夜晚，我们倚靠在公路旁稻草堆休憩，头枕月光，脚踩河水，感觉星空尽染诗味。尤其回味那段古道，仿佛山风又吹，身虽累，感觉奇好。

　　事后问老农，老农说那山路原是有出处的，叫徽池古道。安徽安徽，一头安庆，一头徽州，挑着两地叫徽安古道，也叫徽池古道，其中以大洪岭最为难走。这古道以山洪奔泻而名，上下绵延数十里，百步九折，依山临河，悬崖绝壁，蜿蜒盘旋，既是阊江源头，更为省府入徽州大门，多少名人商贾走过，祁红功臣吴觉农就是其中之一。我和插友所走的北段，涵盖安陵区城安、赤岭、雷湖三乡，接石台县境。至此我们明白，无意一走，竟走进岁月深处，走出一段故事。

※ 大洪岭石径

同时，我还了解到，南段古道更陡峭，历史更悠久，底蕴更丰富，风光更优美。由此我萌发念头：有朝一日一定要走走大洪古道，探究其背后故事。

机会真来临。1977年恢复招生考试，我有幸高中，这就意味知青生涯即将结束。我想起曾有愿景，暗下决心，无论如何爬趟大洪古道。同时想起大洪岭林场也有插友，于是约其同行。

再出发也是冬日，我们从县城出发，溯阊江而上，过胥岭，很快到大坦。大坦是乡政府驻地，村口一长廊古桥，两头廊门各有字，一书东维揽秀，一书西俪昭华，折射曾经的繁华。村人告知说，从前去大洪岭，在此过廊桥，现在不用，你们沿公路走，到老岭就是大洪岭脚。我们循路前行，见到老岭，原是较大村庄，村人说从前

※ 大洪岭景观

十分繁华，石板路穿村，商旅行人、驮货驴马、歇脚小贩，以及乘轿贵人，络绎不绝。两边尽客舍，一律挑檐掩木门，人进人出，声浪喧嚣。可惜我们见不到了，所见是冷清街面，歪斜店铺，门前不时坐三两老人，在冬阳下唠嗑。我们走过，他们张望一眼，一副见世不惊的淡定，仿佛什么也未发生。

再往前叫燕窝里，道路穿农家门前过，我们开始爬岭。尽是石板路，虽残缺不齐，但异常宽阔，一径曲折蜿蜒而上。此时晨雾渐散，满眼深色葱茏，夹杂金黄叶色，呈现熟秋的风韵。我们踩着枯枝落叶，柔软如絮，越走越高，视野也越阔。远山烟岚笼罩，苍莽起伏；身边景致也美，葳蕤草木扑面而来，擦身扫脸，释放野意。过一弯道，路旁一倒塌茶亭，被风雨侵袭的石墙，顽强屹立，亭中长两棵大树，仿佛写满时空交替的丰华和沧桑。再上坡，又见一平整屋基，地上破砖烂瓦，规模不小，但一片残败。曾经兴旺的迹象，给我们无限遐想，然谜底无解。再上行，我们还看到几处石亭遗迹，亭已坍塌，似闻茶香依稀。快到山顶，栗树、橡树见多，以及猕猴桃、山楂、油茶等，劲拔威猛，现出另一种高山林象。至山顶，更有大片平地，但被茂密丛林和高大古木所掩。选一高处看，辽阔远山，苍茫起伏，层层叠叠，若隐若现，如同水墨画般朦胧。身边倒是清晰，尽是阴森深绿，青藤青石青苔、清风清香清韵，以及埋没草丛的大块条石。

　　我拨开浓密藤蔓，看见壁立碑刻，然字迹模糊。经辨认，似是官府告示，看来古道不但有历史，地位也非同一般。

　　是晚，我们在大洪岭林场工棚夜宿，工棚所在地叫牛栏基，顾名思义，想必曾为牛栏，今成人居所。工棚筑山腰，为一溜土墙平房，工人十多个，憨厚淳朴，队长好像姓刘，高个瘦挑，待我极热情，晚餐取出白酒，众人轮番干杯，以致我多年后仍记得白酒的辛辣，以及亲爱的山蕨、香菇、青菜，尤其鲜红腊肉、金黄鸡蛋，味道鲜美，缠绵不绝。

　　夜宿印象最深刻的是那稠密山雾。其实从傍晚开始，山雾便一团一团飘来，到八九点钟，工棚尽在乳雾中，稍远便模糊，什么都不见。我们不能外出，只能静待棚内，但难逃雾水亲昵。窗户玻璃

※　虬曲幽深古道

晕乎，水珠写出蚯蚓状；电灯被雾气包裹，昏暗如豆；被条也柔软湿润，捏一把似乎湿漉出水。空气也有水，随手一抓，掌心如汗。

因酒精作用，那晚我睡得很香，未尝到和被裹雾的滋味。事后想林场工人，长年累月，日子何等艰辛？再问林场历史，说是 1958 年建场至今，后面便不敢想下去。

次日一早，我们下山。沿途路叶厚，杂草深，树林荫翳，且不时有倒伏树木乱柴横陈挡道。我们小心翼翼下行，道路仍宽，

※　大洪山泉

可是青苔多多，山林茂密，人走山中，四周皆绿，偶有阳光筛进来，光斑跳跃，十分可爱。将近山脚，耳边传来水声，那是山湾悬泉瀑布，即使冬季，仍不干涸，造出景致，似乎比前山更多更美。我们边走边玩，约莫两小时，到一处叫雅坑的地方，房屋藏树林，石桥掩卵石，白泉溅玉，水声叮咚，凉意袭人，美不胜收。再下山，便是村庄，是雷湖乡五里拐，大洪岭至此走完。然古道还在前伸，过栗树街，再往前便是琅田，即古道北段。我们回望巍巍大洪岭，正午阳光，

※ 大洪古道杜鹃红

映照更美丽。

大洪古道终于被我着实体验了一把，感觉有了。然关于她的历史和人文故事仍是空白。那年头既无觅处，也无心探究，只有留下谜团，期待未来。

第三次走大洪古道，已是跨世纪后。其时旅游热兴起，经驴友攀爬，经自媒体推介，景色外传，古道重新被人认识，探者日多，名气日大。尤逢春季，杜鹃花盛开，一路红霞，游人更是趋之若鹜。大坦乡因势利导，经精心谋划和筹备，连办两届杜鹃花会，一下炒热古道，名闻遐迩。我于2013年4月赶去凑热闹，乡里胡书记极热情，专门安排了导游。那天春光明媚，晴空万里，车子已可直达燕窝里。驻车登山，游人不少。道口竖牌："大洪古道，阊江正源。"石板路面已整修一新，今非昔比。登山不再吃力，山风吹，路宽敞，杜鹃果然艳。须臾便见茶亭，石墙依旧立，亭树犹临风，似乎更练达遒劲。再上坡，老屋基仍在。导游说，相传明清时原为山大王居地，后被官府剿灭，夷为平地，中华人民共和国成立前成为共产党游击队落脚点，故遗址清晰。我揣摩导游话不假，因为1949年春祁门解放，部队就是由此攻入祁城，古道看来还有革命色彩。我们继续登山，山势更陡，弯道更多，路叶更厚，杜鹃花也越盛，红色紫色白色交织，宛若花之拱门，形成圆洞，连绵几十米，惹得路人纷纷驻足，拍照留念，不亦乐乎。快到山顶，杜鹃几成花海，道旁和山腰花团锦簇，或姹紫嫣红，或灿若红霞，满山鲜艳，给出人间仙境的感觉。立于岭头，云天之下，群山如海，波涛起伏，空阔辽远，气势雄伟。导游说，因山道百步九折，十分险峻，故民间传谚语："大红岭，如巨蟒，上七下八横三里，钻云破雾八十弯，南望景德镇，北指扬子江。"我等听罢，似乎也生发无限风光在险峰的豪迈。

第三次走大洪古道，更多收获在于终于探明古道历史。大洪岭属黄山西伸山脉，位于祁门、石台、黟县、太平四县交界，是古时徽池两地分水岭。其水南下是阊江，山路往北通省会，不但历史底蕴丰厚，且人文故事也生动感人。说是此道最早在明万历间，由祁人郑节妇出资修辟，历二百余年，至清道光间，因水冲石剥，成为危道。鉴此，经常来往的黟人舒朝瑜等八君子发起倡议重修，本土官绅大户和往来商人官宦也纷纷捐款，历经六载，耗资万金，开山凿石，改曲为直，砌墙建桥，筑成坦道，山场禁种，保护水土，终使古道坚固，沿用多年。新修的古道南起燕窝里，北至雷湖，上七里下八里，一色青石板，阶梯不高，以尽量坦途。道宽三米外，为方便抬轿走马。如此人文理念设计，路人感觉宽松，因而古道成为徽州难有的大路，有口皆碑，人气更旺。举凡官员觐见、举人赶考、商家行旅等，均走此路。鼎盛时，沿途商铺、茶座、饭庄鳞次栉比。

除老岭外，还有枫林街，也是著名村庄，街有客店十余家，跨街有石拱门，门楼书颜体题额"省会通衢"，足见气势。至于大洪岭头，原还有庙亭，亭外有联："大地回春，众鸟声喧飞巧燕；洪山献秀，万龙翔集似闻雷。"此为嵌字联，头尾巧妙将大洪岭、燕窝里、雷湖三地名一锅煮了，生动形象地描绘了群山耸秀、飞泉鸣瀑的瑰丽景象。古道重修后，以青石碑为墙再立碑亭，墙壁三面，宽为八块碑刻，约两米，深立四块碑刻，各一米再半，上下镶石条固定，风格独特。如今碑亭已圮，但碑刻犹存，拨开藤蔓，碑文依稀可见。内容为描述大洪岭的险峻和开辟古道的历史，以及重修的过程，且镌刻大量捐款者商号和人名，以作岁月见证，记录古道变迁。清末民初，歙人许承尧曾为此赋诗："曲曲水缘石，泠泠风过箫。树多无野烧，路段有横桥。瘦碧支藤蔓，腴田长术苗。山禽操脆语，娱客宛相招。"说的正是古道热闹情景，且一直延续到中华人民共和国成立初期。乃至二十世纪六十年代，大青公路全线贯通，大洪古道才逐渐荒废，淡出视野，渐被人遗忘。

山水亘古不变，世事与时更新。今天大洪古道以另一种面目再获新生，我是最好见证。虽因种种原因，往雷湖下山路段，以及我首走的北段，目前暂未开发，然良好开端是成功的一半。为此，我给乡里建议，好好炒作古道，诸如定位为祁红茶道、皖南官道、徽池商道、江南学路之类，制造由头，吸引眼球，打造徽州古道的旅游高地。说完意见，我自以为小有聪明，创意似乎超前，身心有点飘然。未料想，回家翻阅古人留下的大洪岭碑文，大跌眼镜。因为碑文不但文采斐然，令我难及，且遐想更具远见。人家早就先知先觉，料到后人会到此登临览胜，并悟出哲理，水平思想境界，令我根本无法企及。我那点聪明，完全是小巫见大巫，根本不值一提。自信消失殆尽，理性终于回归，我深刻领悟，这大洪古道深邃而磨人，空间兴许可以走完，但时间永远无法超越，恰如大坦地名的歇后语——看不到边。

一座大山记载一段历史，祁门古驿道故事更多，榉根岭古道、龙宫岭古道、西武岭古道等，不胜枚举。但大洪古道是徽州门户，意义非常。其高大上碑文留存至今，每读每生敬意，不妨摘录几句，以飨读者：

闻徽池交界，有岭大洪，系通衢省会要道，上下绵长，蔽日遮云，高难仰视。漫天则雪飞，汗流如雨；重阴则冰积，础润若酥，行人苦之。自明万历间，祁门郑节妇出金修辟，经今二百余年，山崩水泄，石磴剥蚀，岭路倾危，肩挑负贩者，常以性命为忧。徽之人士，久欲重造，计资非数万金不能兴工，计时非数寒暑不能竟事，以致事未果。窃叹天下非常之事，难得其人，以建厥功。

……

倘异日予作黄山白岳之游，陟斯岭也，遵道坦然，仗藜稳步，必有以志登临之胜，而补生平屐齿所未经者。并足以见天下非常之事，必待非常之人，始能以见非常之功。有如是也，于是乎书。

新起一种吃山法

那是二十世纪八十年代末的事。黄山市成立，喊出旅工农口号，各区县纷纷办旅游，屯溪区有老街，徽州区有潜口古民居，黄山区有太平湖，歙县有牌坊群，休宁有齐云山，黟县有西递、宏村，诸如此类，各地景点多者成群，少者一处，拥黄山为王，抱团发展。唯西路祁门，死水一潭，似活在黄山市外，旅游业态成真空，爹不疼，娘不爱，人家不带玩。

我和文友国华不甘心，感觉祁门无论是山是水，以及文化积淀、资源禀赋均不差，旅游不该空白。二人一合计，决定发点声音。挖

※ 牯牛降一瞥

空心思，愣以祁门茶厂、祁门瓷厂和祁门蛇研所等打底，整成一旅游线路，以南柯一梦形式，写就一篇假想性三千余字游记，取名《祁门旅游梦》，投于《黄山》杂志。接此稿编辑是学开先生，原也在祁门待过，对县里情况了如指掌。看到稿件，不但有同感，见解且更高一筹。认为祁门不仅有旅游资源，且旅游文章也该破题。于是大笔一挥，为题目加两字，叫《祁门旅游不是梦》，全文刊出。文章面世，多少有些反响，加之省市不时催促，县领导开始寻思，县直部门也有触动，祁门旅游开始暗流涌动，呼之欲出。

最先行动的是县林业局，因其辖下有个牯牛降自然保护区。早在 1981 年，一个春雨潇潇的日子，一辆轿车疾驶过此，车内坐着著名生态生物学家侯学煜。老人被窗外野趣横生的林象所震慑，急招司机停车。走出车外，他大为感叹："居然有这么好的生态，完全是大自然仙境！这是什么地方？"随行回答："这是皖南祁门牯牛降。""牯牛降？好地方。这样好的自然生态我从没见过，要保护好，还要开发好！"老人信手指点，难按心中兴奋。很快一支由安徽省科委和林业厅组织的综合考察队，来到溟蒙幽深的牯牛降。他们惊奇发现，在这悠悠沉睡世界，既有保持完好无损的原始生态环境，又蕴藏无限瑰丽风光。考察结束，《安徽日报》接连数天连载他们考察牯牛降资源和风光的文章，后又刊出考察报告，说这块神奇土地，面积十万亩，植被茂盛，百分之九十八为天然，动植物繁多，其中不乏珍稀，在安徽乃至华东居首位。从此，埋在深山人未识的宝地，掀开神秘深邃面纱，1982 年，牯牛降被确定为省级自然保护区，六年后，升格为国家级森林和野生动物自然保护区。

　　现在回过头看，当时的林业局确实高人一筹。凭直觉，他们朦

※ 林水相依牯牛降

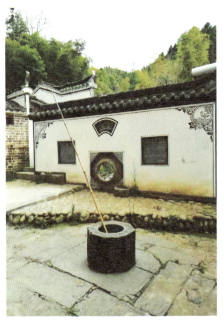

※ 环砂古井

胧意识到，牯牛降生态一流，风光优美，肯定是游山玩水的好地方。同时他们深知，旅游这玩意是需要文化打底的，若想开发牯牛降，首先必须挖底蕴，寻内涵。凡事不怕做不到，就怕想不到。于是1992年下半年，县林业局会同文化局，牵头组织县里文化人，开始踏勘行动。我有幸参与其中。

我最早听说牯牛降地名，是从父亲口中。"文化大革命"前，父亲当右派下农村，曾到一个叫茅棚店的地方修公路。他说附近有座大赤岭，上七下八，周围更有黑压压森林，方圆几十里，荒无人烟，叫作牯牛降。后来公路修成通车，方知叫大青线。通车不久，有好心司机带我去赤岭砍柴，那真一个爽！爬山几乎没费劲，柴火长手边。我专挑那种一把抓的栗漆木下刀，不费吹灰之力，一捆柴便成。感性理性统一，从此我永远记住赤岭地名。数十年后，我们踏勘行动便从赤岭开始。站岭头下看，大青线在崇山峻岭中游弋,像巨蟒忽闪忽现。满目原始森林,古木参天,浓荫匝地。其时正当秋,大山深绿,松涛排空,偶有缤纷彩花崭露,美不胜收。我们勘察是先经此,再去隔壁石台县,感觉过赤岭就是入风景,人在画中是景,景动人也动。

牯牛降地跨祁门、石台两县,石台先一步,早打出牯牛降旅游牌子。我们到石台牯牛降脚下大演乡,看道路不错,但设施不多。想登山顶,看风光如何?无奈天公不作美,中饭后便淅沥下雨,只好半途折返。当晚宿大演,问当地老农:"牯牛降风景如何?"老农答非所问:"我们石台山势平坦,祁门那边陡峻。"次日回程,我们开始爬牯牛降,不久,又陆续将周边的九龙池、历溪、汪村、环砂等统走一遭,而后动笔,将采风素材汇成一书,取名《迷人的牯牛降》,于1993年末交黄山书社出版面世。

《迷人的牯牛降》堪称祁门第一本旅游小丛书,内容分风光、风物、风情三部分,其中风光记述牯牛降山川景物和森林旅游所见所闻

※ 旅游书籍

所感，风物介绍保护区珍稀动物植物的风貌和趣闻，以及周边物产，风情叙说周遭民俗古迹和掌故传说。融科学性、知识性、趣味性于一体，颇耐一读。尤其开篇，政府分管县长作序，开宗明义道：

> 近年来，因受诸多因素的制约，我们滞留在黄山市旅游业之后，造成空白，是十分遗憾的事。希望这本书能成为号角，唤出我们更多更好作品，介绍祁门，宣传祁门，展现祁门。

梦幻照进现实，祁门旅游梦由此发端，起步地方叫观音堂。

赤岭南伸，耸起一山峰，叫雪花尖，尖下藏一秀丽山洼，就是观音堂。问此名由来，说是古时这里曾有观音庵堂。至于始建何时，未见记载，后毁灭也不知具体时日。然香火最旺时，叫善庆禅院，僧人百余，香火缭绕，晨钟暮鼓，梵音不绝，民间广传口碑。岁月如烟过，如今禅院销声匿迹，仅留遗址，四周翠竹掩映，形成壮观竹海，山风拂过，似凤尾龙吟，置身其间，非盛夏亦清凉。竹下残

※ 幽深观音堂

垣断壁，依稀可见当年阔绰。庙前空地，还有古树，为当年僧人们所种。其中一株罗汉松，高大挺拔，虬枝苍劲，主干已残枯，但长势犹健，说是树龄三百多年，属皖南最大罗汉松。另一株老桂花，斑驳沧桑，生机勃勃。不远处山溪河床，还有硕大石头碓臼，说是当年僧人舂米工具，显出曾有峥嵘。缘于此，如今游人如织，似乎慕名而来，享受奇妙净土的灵韵福祉。

我初见观音堂，是上述那书问世不久。其时县林业局已辟出简易公路，我们颠簸到此，见一片空地，鸟鸣林幽，荒草丛生，其中立一瓦房。护林员说，这是他们宿舍，叫护林哨。棚前一泓水，溪流淙淙，黝黑深邃，散发阴森凉气。护林员说，这是水库，原名黑龙池，"文化大革命"时改红龙池，现又叫黑龙池。我们到周围一走，虽无道路，然因树高枝茂，林间尤其疏朗，且不时闻松涛声，凉风飕飕，快意袭人。我们想去对面看看，然无桥过河，只好作罢。隔河远望，对面毛竹簇拥，茂密葱茏，唯中间地势平坦，让出一片空间，现咫尺空灵。有人告知，那就是观音堂遗址，我们立感肃穆。

有道是，仁者乐山，智者乐水，观音堂山水皆备，何愁高人不来。凭直觉，我们坚信，这里肯定是可兴旺旅游的，只不过时间迟早而已。

最早使观音堂动起来的投资者是合肥海联旅行社，时间为1999年4月。其与县林业局联合开发，水边架设仿生桥，山间辟简易山道，

※ 牯牛降茶事

※ 牯牛泉

※ 观音堂一瞥

坡畔竖特色竹楼，临水建徽派楼房，数年立起楼房多座，设施粗具雏形，而后开卖门票，每客十元。观音堂从此面市，名声日显。

其次使观音堂热起来的是深圳深蓝科实业公司。2001 年 7 月谈判，年底签下八百万元购买五十年经营权的协议。次年 3 月进驻，我们跑省林业厅协调关系，获得支持。2003 年元旦，华东师范大学旅游系入山做规划，6 月在上海和平饭店评审和发布新闻，随后按蓝图操盘，至 2005 年年底建成牯牛山庄、红茶坊、徽州艺馆、野食林餐馆、停车场及木栈道等。其中牯牛山庄为木屋别墅，共三十幢。接待中心至各景点木栈道三条，长千余米，索拉桥十座；至大历山、雪花尖探险步道万余米。设施小有规模，功能初步齐备，促销活动频频，观音堂开始爆响，游客纷至沓来。

　　而今使观音堂火起来的商家是牯牛降旅游发展有限公司，老板杨红兵 2009 年从河南来祁门，在完成对景区提升改造，包括升级旅游道路、完善度假酒店等基础上，经调研和考察，决定因地制宜，引入当地祁红产业，实行多元经营。经协调流转周边茶园三百余亩，着手建设祁红庄园，以实行自然风光与祁红文化结合，打造文茶旅新型业态。2015 年春，生态茶园正式开园，以中国茶文化推广大使而闻名的茶仙子鲍丽丽走茶园，进观音堂，采春、制春、品春、鉴春，在翠绿茶山和亲水栈桥，演绎醒悟七碗高端茶事，掀开茶旅结合新盖头，吸引举世瞩目眼光。不久，又有日本中国茶俱乐部·祁门研修之旅团队来此，感受原始森林韵味，聆听祁红文化讲座。再不久，台湾著名学者、徽州屯蒙学舍等三十多位文化大家走进观音堂，集诗词赏析、香道演示、煎茶道表演、琴箫合鸣、禅醒碗茶等于一体，开展以闻籁为主题的国学茶事活动，分享祁红文化的清新隽永和牯牛降的伟岸雄奇，升华观音堂旅游品味，使得观音堂名气迅速飙升，游客火爆拥入。2015 年国庆，第四届"非遗"旅游节暨首届祁红形象大使选拔赛在此举行，祁门独有的非物质文化遗产目连戏、傩舞等精彩上演，安徽电视台公共频道进行飞越黄金周新闻现场直播，通过空中航拍和记者体验，牯牛降旅游迈向更新阶段。是月底，又有中国定向赛事活动来此举办，万人空山，氛围火爆，影响遍及全国。事后评比，景区获中国最佳户外运动基地称号，殊荣一等。

汗水心血结硕果。如今再进观音堂，宛如走入人间仙境。看周围群山环抱，苍崖吐翠，绝壁千仞，气象万千。其中北峰怪石嶙峋，姿态奇异，日照生辉，雨至雾绕，大展自然魅力。南峰植被丰茂，古木参天，密林层叠，针叶林、混交林、阔叶林，界限分明，尽显生态优势。景区中心湖畔八十多幢仿古木楼，依山就势，高低错落，写出山寨风光。周边景点黄龙潭、仙人聚会、善庆禅院等，以黑龙池所改的牯牛湖为核心，形成众星拱月之态。湖水高坝因山就势，弯如牛轭，白瀑如练。泛舟湖上，群山倒影，如游山巅。亲水栈道浮水面，沿道而行，犹如画中行。从牯牛湖出发，东至大演坑、小演坑峡谷和大历山，西到仙女盆。漫游景区，满目绿色，苍翠欲滴，空气负氧离子含量极高，尽

※ 媒体采访观音堂

享天然氧吧之趣。沿途各种植物动物亲昵示爱，堪称绿色自然生物博物馆、华东物种基因库，为国内一流观光探险休闲养生景区高级享受。

观音堂火了，以致举凡到此者，无不动情点赞。台湾著名作家白先勇到此，陶醉长叹："不想走了，能在这儿住上几天就好。"安徽老作家鲁彦周生前住此半月，返程后动情撰文："我的心境和自然界一样，处于最清新和最协调的气氛中。"中国旅游专家魏小安邂逅于此，感慨万千："牯牛降的生态环境保护之好出乎想象，以至于使我改变了上黄山的计划。"誉称岭南画派最后一位大师的杨善深和当代画坛国画油画全能型大师蔡楚夫结伴到此，以牯牛降入画，创作大量精品佳作，成价值连城墨宝。至于海内外游客对观音堂评点，更是有口皆碑，多如牛毛。

祁门旅游从牯牛降起步，观音堂当之无愧是先锋和龙头。

如果说，赤岭是根扁担，南挑观音堂，北面挑的则是九龙池。

二十世纪七十年代中期，我曾爬过此山，目的是看山顶那座九龙池水库。顺山道上行，一路石阶，路两旁森林茂密。到山顶，见一湾阔达碧水，仰天躺于大山怀抱，便是九龙池水库，油然而起毛主席诗词："高峡出平湖。"山洼口筑有弧形坝，为高山平添美感。人登坝顶，鸟瞰其下，山在脚底，头戴白云，想不自豪都难。再看坝口，水流奔泻而下，白练如飞，轰鸣一座山谷，写出壮美，才觉自己其实渺小。其时，我们知道九龙池水库是农业学大寨奇迹，却不知山下深坞，风景更神奇优美。

第二次爬九龙池，是为上述那书采风。这次没走山道，改为沿着山涧入。没想根本无路可走，尽钻草窝密林。但发现沟沟壑壑都耐看，美得没法形容。及至过完半山腰，频见瀑布跌落，水宕一个个闪现，形成深浅龙潭，碧水映蓝天，宛如翡翠湖，说是大小共有九个，景观各异，故名九龙池。清泉太诱人，我们忍不住，反正均男丁，气候也适宜，于是三下五除二脱光，原生态跳水。刹那间，浪里白条，笑声搅动沟壑，惊飞鸟雀。尽兴玩够，体乏人累，思量上岸，然问题来了，无道可攀，我们只好贴壁爬。那褐岩晒白肉画面，至今想仍鲜明无比。

※　九龙池景区

享受九龙池，到为之服务，是几年后的事了。其时我在县政府分管旅游，某天陈局长来说，赤岭脚倪村人准备开发九龙池旅游，邀我们去看看。我和陈局到村口，果然十分热闹，男女老少，不下百人，正在出工。我们

※ 九龙池水景

跟着村民往山涧走，沿途修路的砍草的砌石的抬水泥的，忙得如火如荼，大有当年学大寨场面。一遭走完，我们与村人坐下开会，七嘴八舌讨论，最后做出决议：山里锣鼓山里打，干起来再说。一、村民以二十元作一工入股，自愿参加，每日一记，不强求。二、先修简易便道，能走就行，但险处要有护栏，确保安全通行。三、尽量不砍树木、不开挖山体、不使用钢筋水泥，因陋就简，就地取材。四、村口弄简易停车场，选几处干净农家试办农家乐。五、暂不收门票，看情况再说。六、乡政府和县直部门帮助宣传，先将声势造出去。

九龙池旅游就这样动起来，于二十一世纪初正式营业，经几年打造磨合，游客渐增。随后报道游记也多，有人将此概括为六绝：群瀑、龙潭、奇石、氧吧、牯牛松、天池，颇为贴切。乃至引来池

州商家加盟。至于我，当然更常来，跟踪服务，调研风情，思考提升，皆为分内之责。最终得感悟，是源自山顶之水，奔泻而下，带动整座山谷都有动感，打造出绝佳的山水之爱。同时自己也写文章帮助吆喝，题目叫《山欢水跳九龙池》，时为 2001 年 8 月：

赤岭口西走三五里，有座倪村。说是祖上从祁西渚口迁来，爱这里村前有平地，村边有小河，村后有大山，于是定居。住着住着竟发现村后大山居然有块宝地，这就是九龙池。

九龙池，从前的求雨圣地。说是大旱天，几里几十里几百里以外的人，敲锣打鼓排队来，头戴藤编帽，脚穿草鞋，身背竹筒，到山上点火焚香，拜天拜地，献上虔诚，然后将竹筒盛满水，一气往家赶。下山遇村人，不能讲话，只管泼水，表示我辛苦求来的雨，也给你一份。用今天的话说，搞点回扣。路上若遇戴伞人，毫不客气，将伞戳破。理由是我求雨，你怕雨，坏我好事，不坏你伞坏谁伞。

九龙之水是精灵，多情多姿，妩媚可人，难免伙伴钟爱。伙伴是满山遍野的山石，日夜与水厮守，生发爱情，牵手吻脸，身心相抱，爱一个你死我活、汹涌澎湃，疯狂整个山谷。清风息影，松涛不再，鸟儿睡了，月儿藏着，在一个天知地知的时刻，在一处你知我知的角落，演绎一出浪漫惊险刺激的水石之欢。

石是刚劲，坚毅也是吸引；水虽懦弱，温柔却为魔力。日日月月年年，石与水，水与石，石欢水爱，互相丰富自己，迎纳对方，最后你中有我，我中有你，珠胎暗结，孕育出风光秀丽的九龙池，美丽了人间。

九龙池可是旅游胜地。一座大峡谷，山势料峭，峭壁峥嵘，落差几百米，高高低低，跌跌宕宕，坑坑洼洼，弯弯扭扭，大大小小，起起落落，摆布出许多奇景妙宕。青褐巨石，大者如兽，棱角分明，小者玲珑，浑圆柔润，此为岿然不动者，是根深蒂固的坚定，作天长地久的永驻。至于活泼好动的鹅卵石，大者如牛，小者如丸，满山谷种遍，没法数清。山水冲天而下，纵情欢快。跳悬崖，断身撒野，淋漓挂落，这就成了瀑。一道道瀑，白练强劲，凌空飞舞，四溅开去，贡献于人，是幸福的毛毛雨；跳巨石，忽上忽下，遇石窟，张臂扑过，留下一泓，这就成了池。池水入境，飘着花花阳光，摇曳其下，石头晃动，风骚撩人；跳山谷，高低错落，漫过去漫过去，于是成了小溪。小溪顽皮，叮叮咚咚，一路歌唱，唱出泉水叮咚响；跳深渊，下面一团黑暗，身子没在里面出不来，这就成了潭。一口口潭，深数尺，寒气逼人。蹲潭边照自己，清清秀秀一个你，没有丑的道理。

九龙池就这模样，从山顶往下数，大大小小的深潭，说是

※ 祁门新安古戏台

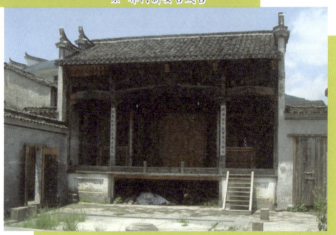

※ 祁门磻村古戏台

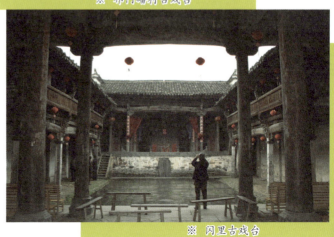

※ 闪里古戏台

有九个。抑或又说是九龙出没的地方，这就叫了九龙池。

世世代代守着九龙池过日子的倪村人，忽一日醒转，觉得山水必须开发，美丽才能出彩，日子才会富裕。于是倾村而动，半月间修起一条登山便道，绕峭壁，依山畔，挂吊桥。两小时一走，令人身心一轻。一路看四周苍翠森林，听满山遍野阵阵松涛，任山风扑面、鸟声洗耳，崭新的感觉，给人一种重新活过来的体验。

我那日爬山正累，气喘吁吁，在山顶忽听得一种来自天籁之声，心中一震，猛然明白一个道理：爱到极致，便生情种，情种升华，焕然新生，看来风情万种的九龙池要横空出世了。

观音堂火了，九龙池热了，可谓靠山吃山吃出新招。然客观效应远不止于此。人类是自然主人，生活状态也是风景。牯牛降下还有许多穿越千年光阴的古村，人文积淀厚，更是活态旅游资源。譬如历溪村就是典型。

我到历溪不知多少次，印象最深的是2001年秋，陪同央视《华夏

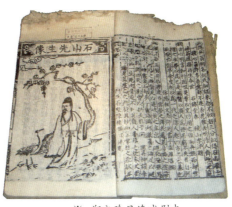

※ 郑之珍目连戏剧本

※ 茶村祠堂　　　　　　　　※ 祠堂祭祖

文明》栏目组到此拍摄目连戏。目连戏是以宗教故事目连救母为题材，流传于牯牛降周边的古老剧种，因民俗风情和艺术形式独特，被业界誉为中国戏剧活化石。严格说，历溪不是目连戏故乡，祁门民谚："（目连戏）出在环砂，编在清溪，打在栗木。"历溪因与栗木一山之隔，又同为王宗，于是也有了目连戏班。然到央视来拍摄时，此戏早停演多年。现导演来了，机器架了，按大道理说，是宣传中国传统文化，然我们心中另有小九九：此村刚刚办旅游，农家开山庄，祠堂办民俗展，更需外力撬动，扩大影响。机不可失，时不再来。为此，我和文化局一班人极力使劲，找老艺人，翻旧戏衣，寻演出地，终使此事落地，一切就绪，就等开拍。

演目连戏，老风俗说要赶两头红，即头天太阳落山开演，次日太阳起山落幕。央视人极认真，强调艺术效果，坚持要等日落才动手。

此前空闲，要求采访我们。我等见缝插针，趁机又为历溪吆喝一番。终于夕阳西下，村庄锣鼓响，烟火起，大树下演挑经，操场上跑五猖，整座历溪村倾家而动，一片鼓天裂地唱戏声，仿佛进入远古世界，历溪由此一下出名。

　　事后我得知，历溪演目连戏，历无固定场所，整村都是舞台。村北古墓祭戏神，村南古桥演和尚下山，河边平地唱地狱救母，等等，多年不懈。只是到太平天国时，戏坛被砍两人，目连戏从此停演。那次恢复演出，看似为央视拍摄，实际意义非常深远，历溪旅游逐渐起步。2015 年春，我再到历溪，果然面貌大变。一条平整油路直

※　历溪祠堂

通到村，村口新建映秀廊桥，桥边新设停车场和游客接待中心，且开售门票。接待我的是一满口京腔美女陶总，说是来自合肥的客商，现为历溪旅游公司一把手。她说非常喜欢历溪山水，还说最近发现山泉居然含硒，打算将来结合当地新安医学办养生游，前景不得了。陶总为

※ 历溪御医馆

我们叫来导游，见面竟是当年最积极的老王，我们握手拥抱。而后跟老王沿河畔卵石道进村，看御医博物馆，游沧桑古道，到祁红茶馆看戏，听老王说这些年的发展经历，感觉历溪底蕴真是深厚，变化也大。

老王说，历溪是牯牛降下第一村，其作用是放射性的。自己破茧化蝶，脱颖而出，同时带动了周边。譬如不远环砂村，2006年起步，如今已接待来自长三角城市旅游团队近百个。再如2015年香港办中国戏剧

※ 古村巷弄

※　桃源廊桥

节，历溪、栗木两戏班首登国际舞台，演出十六个折子戏，原汁原味乡土气息，轰动一时。

更为欣喜者，如今祁门旅游全面启动，东燕山，南平里，西祁春，北大洪，四路齐发，风生水起，名扬天下。国际性赛事168探险项目也问鼎祁门，2015年年底踩线，次年开篇，茶乡旅游由此吃上饕餮大餐。

水作母

茶路连接 China

　　女王的祁红是从水路走的。水路就在我家门口，名叫阊江。这是我童年的天堂，贮满欢乐和记忆，也贮满河水曾经的纯净和美丽。

　　儿时常与小伙伴到一叫大石头地方洗澡，上午一趟，下午半天，打水仗，钻密窟，不亦乐乎。稍大，感觉及腰河水不过瘾，改道去上游靴石。所谓靴石，位处祁山脚西，一湾绿水，足球场宽阔，中心兀立一石，形似鞋靴，故名。靴石出水，高二三米。我等爬上去，站边沿，伸展双臂，吸足一口气，做凌空展翅范，头朝下，扑通跳，浪花四溅，山寨动作虽不规范，然感觉良好，屁颠屁颠，通常一个

接一个跳，像下饺子。稍大粗
通文墨，发现那下饺子地方，
居然在《太平寰宇记》有载：
祁山西半壁有大石，方圆丈余，
坠于溪中，成一深潭，潭水碧绿，
深不见底，称靴石潭。靴石潭
之下不过数丈，又有一潭，名

※ 闾江运茶（老照片）

相公潭，亦有石头出露水面，人们俗称大石头和小石头。至于岸边
风景，也有古人赋诗："沿溪芳草带烟酣，着意寻春不觉贪。十里
青萝山下路，野花红过相公潭。"我这才发现，自幼便在古迹中泳乐，
这闾江真是了不得。

闾江鱼也多多。我等捉鱼，方式有两种。一叫脸盆安鱼，方法：
盆底放些许豆渣，盆口蒙纱，中挖一寸大小圆孔，口也抹豆渣，选
急水滩河床，下挖一洞，置盆于河床平，周以石头压紧，人离开，
小鱼闻渣而至，钻孔便入盆，等于自投罗网喂人腹。通常一二小时，
得手便是一碗鱼。尽管大人反对我下河玩水，但凡家中来客，还是
发话："今天让你下河安鱼！"另一捉鱼法，即眼下通行的钓鱼。
那时河鱼极多。炎炎烈日，我们取一火柴盒，绕尼龙线数十圈，钩
上苍蝇，抑或米饭，站急水滩头，放线十多米，而后扯线上下拖动，

须臾便有鱼上钩，二三寸长短，我们称之为仓条，或红吉海。至于正规鱼名，至今仍不知。当然也有晚间垂钓，方法是以榨油枯饼做饵，葡萄大小，钩于自制鱼车，远甩水中，而后手持鱼车等手感，判定鱼儿上钩，猛力扯拉。那扯钩时机最重要，道地技术活，快不得，慢不得，反之，鱼儿逃之夭夭，前功尽弃。然因河鱼特多，我等出门都有收获，从不打空手，每每满载而归，到家没想大人却说："又去玩水了？今天放你一马，以后少去。"到底谁给谁发福利？长大才知，是大自然给人类发福利。

印象最深的是挑水，那似为团队行动。冬日雾霭朦胧，家家户户后生挑水桶出门，东行下河。河里有跳板，杉木拼就，长约三米，宽约半米，一头置两脚，斜插河中，一头搭岸上。挑水人走到河中跳板顶端，双手抓水桶，侧身按一只入水，盛满拎起，置于跳板，再以同样动作，将另一桶灌满，而后起身担水下跳板。其时，晨雾

※ 阊江旧景重现

※ 民国阆江火车桥

※ 阆江老桥

※ 阆江电站拦河坝

缥缈，街邻在河滩碰面，彬彬有礼招呼，人影整齐排队，水担淋漓回返，满街湿润，水汽氤氲。天虽寒，心却暖，氛围特温馨，写一道风景，煞是美丽。夏季，无须跳板，改穿鞋或赤脚下河。人到河中，至水没膝盖处站稳，以桶划去水面浮物，猛按桶满，转身以同样动作，灌另一桶，返身上岸。也有不便下水者，随意找一下水人，哪怕不熟，只需微微一笑："麻烦给我打一担。"对方欣然响应。那场面那温情，自然随和简单，亲密无暇。挑水队伍返程，过卵石河滩，登城墙石阶，穿河边公路，进入东街里，一路石板，响起噼啪脚板声，铿锵有力，宛如音乐。那时家庭用水，一般好几担，故而满街尽是晃动水桶人影，一队来，一队去，穿梭自然，有条不紊。其情其景，一直延续到二十世纪六十年代中期，县城开装自来水，街口要道设公共龙头，居民开始付费挑水，晨挑从此淡出历史，记忆永留心中。至于后来自来水进家入户，则是八十年代后事了。

河滩还有菜地。那时年少无知，每

※ 运茶阊江

※ 通往阊江的右横街

※ 老外骑游阊江路

被母亲叫去浇菜，千个不喜，万个不愿，噘嘴挂脸，慢慢吞吞，抬一桶，洒半桶，浇一瓢，泼半瓢。真切是少不更事，如今深感愧疚。

阊江哺育我们长大，同样滋润县域经济。有关灌溉等功能，自不待言。记忆中，皖赣铁路未通前，河岸城墙的马路边，秋冬总是松木如山。来年汛期到，河水暴涨，放木入水，满河圆木翻滚，身穿蓑衣的农民，肩扛长钩，沿河护送。至于杉木，即扎成很长木排，首尾如龙，由技高者立于排首，挥舞撑篙驾驭，跟洪峰出发。其时，河浮圆木木排，逶迤连绵，一拖几里，到倒湖储木场集中，再去鄱阳湖。放木是高难度劳作，要技术，更要胆魄，气势壮烈威武。稍不注意，轻则伤骨，重则亡命，故而每次出行，总有壮士扼腕的悲壮。

长大才知道，阊江其实很牛。发源于北面大洪岭，南流至江西，入鄱阳湖再注长江，属徽饶水道。她不但是祁门母亲河，且河名竟连接中国英语单词China。缘由就在于,阊江入赣,去掉门字叫昌江。此地有一镇,取名就叫昌南镇,后改景德镇。镇产瓷器,老外最爱,干脆以原名谐音直呼中国——昌南(China)!

三里街直通一带一路

祁红起航,最大码头在祁城三里街。

出身于茶商世家的母亲,对三里街码头记忆特别深刻:"除个别枯水的冬季外,三里街码头都通航。尤其每年夏秋,周边茶号挑茶来此,将茶箱交过载行配船,每船百担上下,大号独装,小号配搭。出发时,鞭炮红绸欢送,看者人山人海,整座城都热闹……"母亲的话,勾起我对三里街的好奇,多次实地踏勘。

三里街位于县城东南角,因旧距县衙三里而名,其东接严家坞口,南邻金东河,北靠秀敦山,西连阊江,与金东河相汇为直角。角外接仁济、平政两桥,西边叫城内,东边称城外。城外地势宽阔,商铺、旅社、饭店配套,人流、车马、驴骡穿梭,吆喝、油烟、汗味杂陈,山货、食糖、布匹互动,由此扮靓三里街,俨然动感清明上河图,喧嚣不闹停。街口即码头，地名周家嘴，连接阊江水路，成为枢纽。

昔日三里街，形状为变形的"个"字，构成三路汇聚。临河一竖直射，街面石砌，基本平整，店铺绵延，店家挨挤列路两旁，人气喧嚣。东行数十米，地势抬升，上七八阶梯，有山城味道，街人另取名，叫三街岭。此段房屋南临金东河而立，犹如吊脚楼，造型扮酷。北行街面略长，店家两边列，整齐划一。整个三里街，经营粮油的有裕丰、益裕、永茂、吉祥、叶大德；经营南北杂货的有聚兴、同德、德茂、义聚；经营医药的有石翼农、同德仁；经营布业的有德源、洋茂、生记；经营客栈和油坊的有张大生、三街岭油榨等。各种店号林立，各路商贾云集，各类喧嚣尘上，以致民间传民谚："先有三里街，后有祁门城。"再加周边还有东山夕照、双桥映月古景，俨然祁城胜地，人气至顶。

三里街生意最兴隆的商家，叫中和楼，亦名中和馆。其以看家招牌菜取名，影响更深远。关于中和汤，本有故事，说是流入鄱阳湖有三河，东为婺源河，西为至德河，中为祁门河。相传南宋时祁门籍诗人方岳在湖边为官，常来泛舟，见中河水清澈见底，小虾尤其鲜美，便捞河虾煮豆腐，取名中河，后带回家乡，演变为中和，令人百吃不厌。南宋风味，后被中和楼发扬光大，再加祁人传承，延至今日，成为祁人节日抑或迎客宴席的首道山珍，且跻身徽菜谱，名声远扬。

三里街最具特色商家，叫过载行，也称船行，专门承揽货主和船家转载和旅客搭乘业务。貌似中介，但置有仓储和装卸工，实为必不可少行当，职业角色鲜明。颇有名望的牌号有马廷龙、舒立大、马元泰、马福顺、周允兴五家，分踞在金东河畔的谢家、谢家埠、马家兒、南门坦、周家嘴等巷弄口，各把一方，独为风景。

三里街坐地商家，是起跳平台；行走商家，是贩运中转。出发是土著山货，香菇、桐油、烟叶，进来是紧缺商品，大米、纸张、盆瓢，一边在路上，一边回故乡，满载的都是生活和希望。其中风光最明媚的，当属茶叶外运。尤其清末民初，祁红专运汉口，出门前，焚香祭祖，祈祷一路平安，到汉口，茶栈开中门，迎茶而入，说是一品官、二品茶，地位尤其高。茶售于老外，再出洋越境，走到世界各地。

阊江到汉口，水路几百里，不仅祁门商家走，举凡整个徽州赴鄂商人也走。商人走汉口，似在撕扯中前行，撇去情感的生离死别不说，仅年纪而言，启程是后生，归来成老汉，于是三里街既是他乡，也成归途。更有许多男儿，耗尽青春年华，客死他乡，最后竟是一把骨头回乡，那种辛酸和伤感，今人难以体会。光绪元年（1875年）七月，三里街曾立告示碑，碑文记述如下：

新安贸楚者众，先年会馆在汉阳十里铺地方，有笃谊堂暂厝旅亲，乏力之家，柩无归日，渐积渐多，触目伤心。爰约同乡立愿输钱，慷慨解囊，年来集有，成数生息，资送回籍。惟自汉登舟，中途水陆兼行，抬杠船载，起运过山，由汉而饶，由饶而婺而祁而黟，直达休歙各邑，诚恐埠头船户拟勒讹索，致使承揽足恒多，梗塞之虞，是以酌议定章价，归送一柩到埠头，克日转运，不得延搁，河岸另索钱文，第非仰荷，鸿慈备移到饶，并移徽郡通饬所属六邑给示勒碑，谕饬埠夫船户遵章领价，以垂久远。

这是一块扶柩碑，主题其实就一句话：有徽州人扶柩归来，各地船家商家一律遵章领价，不得敲诈勒索。关于碑刻的由来，据徽州文化博物馆陈琪先生考证，系湖北汉阳府正堂严府商请江南徽州府正堂何府禀准，特授祁门县正堂周县专门而立。由此看来，那时行旅商家扶柩成风，沿途船家码头敲诈也成习，鉴于此官家动了真格，立碑公告，严禁敲诈。陈琪先生还说，类似碑刻，还有两块，现藏祁门县博物馆。

立碑还有故事。民国十二年（1923年），祁城士绅茶商齐聚码头，欢声雷动，再立一碑，名曰《请裁厘金卡碑》：

厘金为清季秕政，而骈枝各分卡，则长厘局者之渔利计划，病民害商，骚扰行旅尤甚。吾祁祇倒湖厘局一处，民国四年厘局长兼办茶税，当事者托词便利茶商请引起见，予城之东关外及西乡闪里同时设立两分卡。祁人业茶者狃于一时便利，其它疏未注意。次年茶税上峰另委专员办理，而分卡毫无所事，遂实施其勒索手端，商民行旅骚然矣！本会同仁不能坐视，起而请愿，呼号奔走，历有岁时，闪卡幸获裁撤；城东一卡，则以厘局阴为袒护之故，未能去也。上年霍邱龚公剑寒来长厘局，鉴于地方团体公论，悉心考察，知城东分卡实属无裨税收，留之祇是病民，俯顺舆情，毅然请裁，适合肥徐公炎东知县事，亦以实心革弊为职志，先后呈上，遂奉令准。撤卡时欢声雷动，盖十二年七月十五日也。回忆民国四年偶尔疏忽，遗患至今，匆匆九年，可不惧哉！爰述崖略于碑，志不忘耳。

中华民国十二年八月二十一日　祁门县商会邑人胡光岳书石

问此碑来由。原来自民国五年（1916年）起，安徽省财政厅以便利征收茶税为名，在祁城三里街码头和西乡闪里各增设厘金卡一处。而当时祁南倒湖已设厘金卡，重复设卡无疑加重茶农负担，加之执事者又从中勒索，导致茶农群体抗争事件不断发生。为此，祁门商会展开请裁厘金卡活动，前后历两年，公文积数尺，最终迫使省财政厅同意撤卡。消息传祁门，茶农商家均雀跃，决定立碑纪念。

两块碑刻，内容不一，各有故事。虽说带伤感，甚至有点煽情，但属道地清末民国范，可谓一个时代见证。今天汉口，已被冠为中国万里茶路起点，属国家一带一路战略肌体，地位非同一般。三里街何尝不是同样伟大，因为祁红从这里出发，走向了世界。至于还有红色传说，譬如1927年共产党人萧劲光，1937年抗日将领张学良，先后也到过此地，因属时政机密，一般人不知道。看官也懂的。

今日三里街，面貌已大变。沿河老屋几乎拆完，取而代之是钢筋水泥商品房，虽整齐划一，然缺人文味。仁济桥下也横出一坝，拦腰截住阊江，坝下几成干枯，裸露河床，一副可怜巴巴相。坝上倒是平湖，既做风景，也调节气候，平添几许美观。至于街面那变形"个"字道路，唯东向三街岭，石板路仍在爬坡，两边老屋依旧林立，吟唱昨日歌谣，或许原状古韵还有味道。因此，前几年景德镇电视台拍摄《阊江溯源》，专扛机器来三里街取景，说是颜值最高。

一样春秋两番风景

规范说，阊江为二水相汇，一为主流大洪水，一为支流大北水。通航时代，古籍云："祁门水入于鄱，民以茗漆纸木行江西。"当然，

※ 大洪山泉

载客营生也为常态。清代一叫凌汝锦的文人，曾乘船而行，他立船头，看风景，发现一种妙境，不能自已，欣然命笔，写下一首《阊江杂咏》：

重重水碓夹江开，未雨殷传数里雷。

舂得泥稠米更凿，祁船来到镇船回。

凌先生所描述的是阊江航程和两岸水碓的情景，说大洪水和大北水穿越时间一样，带有共性。其实二者空间不同，风景各有千秋。尤其沿途村庄，更是风貌迥异。

大洪水穿三里街码头南下，沿途靠村皆可码头。譬如板石村码头为斧形，孤零漂河边。之所以这样，说是此村姓康，对河村庄便建为猪形，意在猪吃糠。板石不服气，便建码头成斧形，意味砍猪。这样做，既喻示河事竞争激烈，还说明建码头毫无章法，更谈不上规模。如此一捋，沿途有模有样的码头只四处，依次是塔坊、平里、溶口、芦溪。四座码头，各据一方，各有特点，各成故事，各为风景。换句话说，各领风骚越百年。

塔坊离祁城最近，约二十里，位于水路南岸。说是自清代起，这里商业便发达，船停泊，人穿梭，货麇集，久而久之，形成塔坊街。塔坊街呈"人"字状，沿河岸布局，两旁商铺作坊林立。右布几条巷弄，逐级而下通码头。清末民国时，买卖特兴隆。说是不仅本地，就连邻县休宁和黟县乡民也来此购粮购物。还说 1913 年闹春荒，塔

※ 仿制的亿兆丰

坊米商封仓囤粮，待价而沽，激怒翻山越岭而来的乡民，数百人在汉口人邱其五的带领下，冲进米店，砸开米仓，自动分粮，以致惊动官府，派兵前来镇压。塔坊茶业，更是火爆，其中一名谢步梯者，本是乔山人，来塔坊卖茶成为大咖，为回报乡人，捐资在塔坊街创办育英小学，豁免贫家子女学费，美名远播。类似情事，还有多少？无奈光阴远去，无从再考。倒是近年爆新闻，说茶市有一名亿兆丰老字号普洱茶，拍出五百万元天价，惊艳茶坛。后经媒体考证，说亿兆丰老字号，原属塔坊商家，不想被人利用，效益大提升。闻说此事，我也高兴，深为塔坊商号骄傲。

平里距县城三十余里，在南路码头中，当为老大。村人临水聚族，南胡北章，从而成就两岸各有码头，隔水相望，由渡船连接。码头主要以茶叶瓷土为主，顺水外卖，各写传奇。南岸程村碣，周边皆山，好茶多多。村中有卖茶高手胡云霞，1915 年，居然将茶卖到美国巴拿马赛会，一举摘金奖桂冠，从此名声暴涨。北码头背靠一片茂林。也是 1915 年，这里来了一批高人，他们是北洋政府农商部官员，领头者叫陆溁，奉命到此创办茶业改良场，人说是中国最早的官办业茶机构，经数代人努力，成为中国茶高地。其后继机构至今仍在，即祁门茶叶研究所。时代在前进，今天南北两岸已被一桥嫁接，风貌大变。南岸程村碣昔日繁荣成往事，倒是胡云霞故居犹在，被今人辟为祁红古道，引来游人如织；北村规模扩大较快，公路贯通过境，商贸人气旺盛。从前码头现为梅南公园，古木参天，遮天蔽日，俨然天然氧吧。公园对面华茗园茶厂，即为改良场故址，面目如旧，当年祁红故事，至今仍传扬。再将眼光看远，还有祁红鼻祖胡元龙故居，以及中国最早条播茶园、祁红茶商兴办的祁门第一所小学。鉴此，当地主政者寻来巨石，上镌"祁红故里"四字，以炫彩当年，励志今天。

※ 平里码头旧址

溽口距县城约五十里，码头在阊江北侧，因有溽溪河横穿来此交汇，带来附近景石和严潭二村山货特多，外加不远还有奇岭村，码头是市井，人货大比拼，尤为繁忙。来自景石的安茶最叫响，其村《李氏宗谱》载：清乾隆至咸丰间，李氏贩安茶远客粤东或浔沪，生意颇大。清末民

※ 程村碣街景

初又有茶商李训典，被安徽省
实业厅推为代表，出使意大利
都郎博览会和美国巴拿马博览
会，为祁红争光。奇岭人以到
景德镇业瓷为多。据史料载，
清嘉庆间，曾有一茭草工郑子
木，为伸正义抱不平，在景德
镇领导罢工遭迫害，景德镇瓷
工以系白围裙纪念，风俗传袭

※　芦溪老码头遗址

至今。昔日溶口多故事，现汽车、火车通达，交通便利，虽说人气
略逊从前，然因根基厚实，文化积淀深，风景依旧不赖：老码头绿
水碧波，溶溪老街基本犹存，民国桥和现代桥高低并立，石板道与
公路、铁路三层重叠，新老交汇，构成今日溶口满满的时代范。近
年乡政府又投资千万元，挖文化资源，造山乡古韵，靓溶口品牌，

※　今人傩舞阵地

实为高招，想必不日定能显摆招游人。

　　芦溪距祁城约七十里，其名声远扬，一
是安茶，一是傩舞，二者均属"非遗"。甲
午初秋，我为探究安茶，专门来访，发现此
地码头竟有两个：一在芦溪街，一在店铺滩。

※ 芦溪挑安茶

到芦溪街那日，适逢蒙蒙秋雨，村口长廊有老人在闲聊，见我等投来打量目光，完全是司空见惯的淡定，丝毫没有山村初见生人的好奇。

我等穿街走巷，听石板路响起鞋韵，看身边小狗慵懒状态，走近村户人家，虽紧挨聚居，新房老屋杂陈，然不少窗檐带尖端，与徽州传统建筑明显不同，带有哥特式，似含南洋范。我估计此属安茶影响，安茶远销南洋，引诱茶商络绎来，以致芦溪街商铺林立，三十六行、七十二样都有。有人做过统计，民国初街上各种商铺有三十余种，计一百多家。以致民谚云：没有卖不掉的芦溪，没有买不来的芦溪，繁荣景象，可见一斑。在村口，沿石阶下河，河畔伸出石坝，横陈水面，便是码头。说是繁荣时，大小船只有三十

※ 芦溪通江西路口

多条，载瓷土、窑柴、茶叶顺流而下，运食盐、大米、布匹、瓷器逆流而来。如今码头早已废弃，静立河床，然丰姿不减当年。店铺滩在芦溪街北，又名中埠，实处阊江支流查湾河出口。《祁门县地名录》载：因村邻河滩，店铺较多而名。这里多为汪氏聚居，商家多汪姓，向营安茶，其中以孙义顺为老大，借阊江走世界，引领安茶一路风光前行，名扬四海。码头位于今路下河边，过河可通江西浮梁。由此想起"文化大革命"初，学校停课闹革命，适逢祁红公路测量，招粗通文字民工，我有幸入招，扛着米塔尺，曾来此宿过路边老屋，也曾过河走江西。未料想，今日再逢，岁月人事均两样，好生感慨。如今芦溪和店铺滩，水面依旧，水路不再，取而代之的有公路、铁路，交通状况大改观，村貌也大变。然安茶仍在两广和

东南亚，销势颇旺。一如旧联描述："借得古溪三月景，分来南海一枝春。"至于傩舞与闽江有什么关联，至今还没搞明白。

大北水是闽江第二条主要航道，源于大洪岭西脉，因流经大北埠而名，一路南下，后在倒湖与闽江汇合，进入江西。旧时历口以下可通船筏，沿途主要有大北埠、渚口等码头。二十世纪五十年代后，水路不再，交通闭塞，大北水逐渐淡出视野，静悄悄韬光养晦。近年旅游热起，旖旎风光被人察觉，本土智者和先驱驴友开始涉足，并不断披露信息，致使栖水而居的滩下、渚口、奇口等古村，以及沿途优美风景，如十八岁黄花女，忽地惊艳亮相，吸人眼球，萌翻一大片。于是挖掘和开发大北水域资源，被摆上议事日程，领导、专家、学者、客商、游客一溜烟来，规划设计画蓝图，摆弄打扮搞

※ 大北水路

※ 大北水老茶号（老照片）

活动，卖力抛洒激情和梦想，以各自胃口寻找各自的菜。

滩下可谓大北水系可游第一村，水路在此画出 S 弯，如玉带绕村。村坐弯中，三面环水，一面靠山，人家几乎一律依山面水，门口修道路，筑凉亭，配搭茂密葱郁水口林，一任樟树、枫树、楮树放肆撒娇，写出浓荫中风景。水中则渔舟飘移，摆出圈圈涟漪，晃动余晖，映射对岸田畴和山影，美煞游人。我之所以慕名去访，是源于见到好友一张照片，近景苍劲古树枝丫，中景落日竹筏，远景氤氲山岚。于是猴急猴急地赶去，果然村景出众，大有所谓伊人、在水一方之意境。于是放纵嫉妒之情，狠吸几口空气，猛捞一把大自然恩赐的福利，优哉游哉转悠半天，恋恋不舍才离开。

渚口与滩下毗邻，古劲更足。大北河由东北向西南绕村而过，古来因溪水潆洄，环映如锦，背靠成峰，障蔽如城，又美其名

※ 滩下水景

日锦城。我在此村有亲戚，很
小就来晃荡。那时听老人说，
村状似铜锣，为免铜锣地形遭
破坏，古人在村中挖两井，表
示穿锣绳眼。又说村后来龙山
是活的,村人在村中种两银杏，
表示龙须高竖。还说村中有两
相邻人家，天井各有一水池，
终年不涸，表示龙眼永远明亮。

※　渚口古木

说法虽怪怪，然我信服得一塌糊涂，认为古人就是聪明，随意出个
点子，山水便服服帖帖。长大才知道，渚口真正很大很老很古朴，
甚至有过扬手是春、落手是秋的辉煌。不但村前平畴轩敞，风光无
限，而且旧时就有十四景，秀丽如画，清雅有致。只是后来时代变
迁，不吃那一套，迫使渚口逐渐沉默，及至现在，那些曾引以为傲
的风景基本不再，仅留几株高大挺拔古树，以翠盖如云作证明，三
两散落村中，隐埋以往的深奥和丰富。三十年河东，三十年河西。
近年国家提倡建设美好乡村，村人复整环境，修古建，挖民俗，大
玩古老秋，说是民俗文化与生态旅游相结合，可大赚钞票。现在渚
口，基本从祖宗肩膀起步。布局沿袭原先严谨，前街后街靠着，新

※ 渚口倪氏宗祠

※ 渚口村巷

※ 渚口村景

※ 渚口祠堂

屋老屋挨着，白墙黑墙连着。前街青石路方正宽大，保持旧时商街风格；后街石阶多，仍有跌宕情趣。街巷幽幽，纵横交错，没来过的人转来转去，常常又回原地，最逗游客玩味。到村中巡游，最有看头的硬件是"贞一堂"和"一府六县"宅，均为省级重点文物保护单位；软件即有采茶戏和正月会文等。贞一堂地处村中央，属倪氏宗祠,始建于明,坐北朝南，前、中、后三进，内五开间，前后天井，占地千余平方米。说是由一百零八根大柱支撑，开间宏大，斗拱繁密，木雕狮子栩栩如生，外加高悬的民国间皖省政要题匾，表示来头不小。门前广场保存十八对旗杆石墩，规模壮观。问由来，说是倪族好读书，为鼓励上进，规定族人每考取功名，宗族便为之打造一旗杆墩，置于祠堂门口，并插杆挂幡，以示张扬。十八对石墩环列，就是昌盛文风铁证。乃至 2014 年央视播《乡愁》，就有此中故事。俗话说，店大欺客，祠威人敬。现经专家学者考证，说贞一堂为民国年间修建的徽州最大祠堂，信不信由你。至于"一府六县"，实为清末倪望重宅，村人叫新屋里。占地一千六百平方米，内含一府厅、六县厅、二花厅。所谓府厅是迎宾开宴议事场所，所谓县厅是日常起居地方，所谓花厅是读书会客所在。厅旁有房，厅上有楼，幽静典雅，格调别致。如此摆谱布局，是否是主人有意模仿徽州区划，估计只有天知地知。

再说渚口文化软件，出名者有二：一是《采茶扑蝶舞》，以茶姑捉蝶肢体动作，配乡村小调，亦歌亦舞，蛮有味道；二是正月会文，村人以斗诗斗文活动，释放乡土文化。两样东西，历史早有，后来沉睡，近年再兴，游人来，专门演，既活跃气氛，又丰富生活。不但村人乐意，

※ 奇口郑氏宗祠

　　游客也高兴，说是不虚此行。观古建民居，看乡舞文事，其乐融融，渚口成为大北水系明珠，名声渐旺。

　　渚口再下是奇口，也是水边村，东一片，西一片，隔河相望，叫河东河西。河西是大村，望东面一片绿水，水那边一片田园，田园那边一片青山，青山掩映人家，环境很好。然码头没了影，老屋不再多，唯有一本堂，属郑姓宗祠，尤为抢眼。祠堂七开间体量，代表郑氏七大分支。当地人说是七梁过江，整个占地四亩，一百二十四根柱，独一无二，算是奇葩。说起这座古祠，颇有故事。约在二十世纪末，祠堂几乎全塌，仅剩门楼，岌岌可危。我一文友闻说，决定救它一命，七问八找，寻着一买主，愿出二十万元迁地重修。此事惊动村人，村人不愿，然又无奈。文友于是找县里，明确放狠话，要么你们给钱修理，要么让我购买。县里为钱纠结，于是对村人说，给你们十万，其余自己想办法。村人努力集资，由此保住祠堂满血复活，高高立村口，门楼、仪门、享堂、寝堂，层层递进，成为大北水域难得一景。万分遗憾的是，就在此文业已杀青的 2015 年 12 月中旬，一本堂不幸遭遇祝融之灾。熊熊大火将祠堂的悠久轩敞宏伟，悉数毁尽，仅留一片门楼，茕茕孑立在凛冽的冬风中哭泣飘摇。为此，网上骂声一片。不日，便有好事者编出缅怀视频，题目尤其哀婉沉重："谨以此片献给一本堂的后人……"

公河、母河十八弯

奇口再南下，不远便是倒湖。所谓倒湖，实为大洪水和大北水相汇地，水面宽阔，碧波荡漾。然每至春夏雨季，其中一河涨水，另一河水位必定倒灌，民间称公河、母河碰面，故名倒湖。若两河同时涨水，民间即说是公河、母河发情交配，由此导致洪灾是常事。

倒湖是祁门最南村庄，海拔仅七十九米。村落处二水汇点之下，跨几步便是江西浮梁县镇埠村。通航年代，这里水运尤其发达，商贸集市，遐迩闻名，官署企业，小有规模，民间称之为小香港。清光绪三十一年（1905 年），浙江慈溪人郑世璜向朝廷上奏《改良内地茶叶简易办法禀文》，其中就有要求在倒湖建官办机器茶厂内容。说此地不但有省属瓷土厂，还有省属茶厘分局，倒湖地位可见一斑。

小小村庄，居然入了皇帝法眼，渊源就在于水。水是生机、是生命，滋润出倒湖水灵美丽。繁盛时倒湖，清水河面，岸边临街，街畔砌石，畔上店铺，一溜木门紧挨，人来人往，大有清明上河图模样。繁荣当然也带动毗邻村庄，譬如水运窑柴。景德镇烧瓷，素以松柴镇窑，其中祁门马尾松最上。为此祁南村庄均有卖窑柴习惯，农家砍，竹筏运，汇集倒湖，浩荡出境，水景很壮观。再如礼屋，此村虽不临水，然村中走出一大名人，叫康达，如雷贯耳。康达生于 1877 年，卒于 1946 年，是景德镇近代陶瓷史上著名的改良家。他从普通农家起步，最终成为光绪皇帝破格任命的内阁中枢，经历

特传奇。说是 1910 年，中国先后建立七个近代式瓷厂，景德镇江西瓷业公司是其中之一，其中包括清廷的御窑厂，操盘手便是康达。以致坊间说，中国最后的官窑老板是康达。中华人民共和国建立后，交通条件大变，水路日趋疲软，倒湖命运也轮转。先是上游公路建成，

航运退场，倒湖商旅顿减，店铺冷清，以水为生的船民，穿鞋上岸，另谋生计。唯有汛期伐木，仍如强弩之末顽强坚持。春夏之交，水面的松圆木，以及县里森工驾驭的杉木排，浩荡而来，汇集到此省级储木场。水面万木麇集，漫如海洋，场面极壮观。缘此，倒湖人气依旧有季节性张扬。后皖赣铁路开通，木材外运走火车，河面人

※　倒湖风光

气顿冷，水面涟漪寂静，倒湖渐卸铅华，日趋寂寞，人口逐渐外迁，面貌大变。我曾到此村，走进建于祠堂旧址的小学，学校空空如也，校牌字体脱落，所剩无几，地上农具杂草随处见，真是一地鸡毛。

　　倒湖是镜，折射时代变迁之光。时代当然眷恋倒湖，始终想拽

紧倒湖，以及大北
水沿途村落一道前
行。首要是公路。
先是芦溪公路南伸，
架桥越水，十多里
便到倒湖，小菜一
碟，很快成功。然

※　芦溪碧桃古渡口

傍依大北水的公路，叫渚倒公路，一唱三咏，前后历经二十余年，
曲折坎坷故事多。其起事于二十世纪八十年代初，因资金老卡壳，

※　倒湖老街一瞥

时兴时停。新世纪初，我分管交通，很想早
日打通全线，带人开拆沿途违章。在水村口，
遇一身材和长相都颇似唱家于文华的村姑，
死活挡道。记得那天村姑着绿衫，见推土机
轰隆开来，突兀下跪。我问缘由，村姑满眼
噙泪："我们一家几口，全靠路边小店，今
天你们拆了，往后我们怎过？"我忙解释：
"不是拆店，是将店后退。今日拆旧，不久
建新，如何？"村姑听罢，立马破涕为笑：
"真的？"类似情景，一路演多次，然最终

还是资金卡壳，我也没将道路打通。倒是后人攻坚克难，近年终于全线贯通。其次是治水。2005 年，倒湖筑大坝，建起一座奥西水电站，从此锁住阊江水，水灾难再。

大坝砌就，上游水面猛宽阔。尤其大北水，山环水绕，一气拖去十多公里，形成水面三千余亩。如天然翡翠，嵌崇山峻岭中，成为观光休闲好去处，人称倒湖十八弯。县里见事快，眼光锐，近年决定大开发，拟规划，定项目，搞招商，旅游业态从兹启动。

观水是首当其冲的旅游项目。如今芦溪乡备下两只电动船，外形简单，上撑一篷，边沿围栏，船板固定小板凳，配上救生圈，属于山里锣鼓山里打的武装。每日载客游弋，船在水中行，人在画中游。宽阔河面，清澈河水，微风吹拂，涟漪摇晃，水鸟相嬉，一幅浪漫情景，身心随水动，心猿意马也正常。看两岸皆绿，青山倒退去，峰峦排空来，远处不时闪现村庄，粉墙黛瓦，猪栏茅舍，鸡鸣狗吠，炊烟袅袅。船看岸入画，岸看船是景，山水田园尽是诗，想抒情高歌，想号叫放纵，也是正常。船一路前行，扔无

※ 芦溪通倒湖大桥

※ 碧桃古树群

※ 碧桃楠木群

※ 碧桃楠木林

数浪花和波纹，脑海浮现古时徽商身影，一搭包袱、一把雨伞立船头，愁望家乡，满脸伤感，难舍模样，还是正常。更有一处，一座高大威猛桥梁，横跨水面，凌空飞过。船夫说，那是国民党建的铁路桥，飞驰共产党的火车。游人仰视感慨，胸中有之乎者也的冲动，发思古之幽情，还属正常。总之，倒湖水面一走，遐思万端，剪不断，理还乱，什么油盐柴米、锅碗盆勺，暂且一边去。油然而生的是江山壮美、人生如梦的豪迈。正如古诗写心情，真切美妙：

半山秋色杂烟芜，水阁灯青入夜孤。

鱼跃方塘惊短梦，月留园影挂高梧。

一天暮霭横奇岭，十里溪声下倒湖。

寂寂亭台疏树静，五更风冷听雅雏。

利用水面狠玩一把，是古人杰作。譬如端午划龙舟，水好天好人盼望，不玩白不玩。古来赛龙舟，为的是消灾祈福，今人保留这风俗，其实就二字：好玩。龙舟开赛在村前，水中鼓声咚咚、划手吆喝，岸边鞭炮齐鸣、人群欢呼，如此山水皆疯狂，河面尽舞动，场面热闹非凡。青山绿水，河里蛟龙游弋，岸边欢声雷动，构成了一幅歌舞升平、自然和谐的乡村图景。

游村是流连山色的最好方式。其中美轮美奂村庄无数，但有一处非去不可，否则后悔不迭。此处叫碧桃，水路旱路皆可达。碧桃村名很有诗意，说是唐末有康氏从陕西迁祁，其中一支来此，见水清如碧、桃花竞放而居，故名。碧桃最大特色是村口楠木群，人说属最上乘金丝楠木，大小二百余株，杆挺拔笔直，冠枝繁叶茂，形成群落，伫立阎江边，蔽日遮天，别有情趣。关于楠木群来历，说是本为滇之种，明嘉靖间康氏先祖载公在云南湖广等地为官，告老还乡时，认为滇楠

※　倒湖十八弯景点

材质优良，可为家乡风水林一用，于是带回种苗，栽于村头水口。历四百余年繁衍生息，长成树群，其中胸径二十七厘米以上者一百零八棵，平均树高二十米，以及无数实生苗，与枫香、苦槠、樟树等，构成勃勃生机水口林，如今成为弥足珍贵的生态文化自然遗产。所有楠木，现已登记编号，建档挂牌，且安装电子眼，实施二十四小时监控保护。看似苛刻严酷，实则温情可慰，好东西都被宠爱，不是吗？！

十八弯沿途风景无计数，还有罗源竹海、奇岭古道、查湾古村等，不胜枚举，说不尽，道不完。2014年始，这里开打倒湖十八弯品牌，举办全国乡村越野跑山赛，主题活动多元，有越野邀请赛、金丝楠木自由行、采桑葚、水上摄影、野外露营、篝火晚会、夜间烧烤、品安茶、赏傩舞等，休闲加娱乐活动，水中配陆地，集健康性、体验性、文化性、娱乐性为一体，为大型休闲欢乐盛宴。精彩绝伦，盛况空前，吸引来自全国各地运动员醉舞狂欢。

生命在于运动，山光水色也一样。无论大洪水，还是大北水，如今傍水而行基本有公路，河床渐高，加之漫水桥、拦河坝不断冒出，先前生机勃勃水运永远告别人类。清清河水，静静流淌，除偶现扑鱼人，动感几乎不再，将来会是什么风景，暂且不知。

美是需要沉淀的，但愿阊江沉淀出新的生命。譬如平里，正在策划唱响祁红、舞动阊江的旅游大戏。再如倒湖十八弯，我曾参与评审其旅游规划，获悉精准定位：祁红茶路起点、南国圣茶故乡、黄山深呼吸腹地、皖赣户外天堂。看见蓝图躁动于母腹，心中充满希望，愿想不日之将来，一幅人气贲张的阊江上河图问世，焕发更壮美景象。

水为愤怒和欢乐的表情

大洪水也好，大北水也罢，以及文闪河、秋浦河、率水河，是祁门难得的水资源。虽是柔软之物，然也有个性。顺起来，俯首帖耳，唯命是从。犟起来，桀骜暴戾，万物难伏。因此，民间传俗谚：易涨易落山溪水。意思是说，山区水来得快，去得也快。调理得当是

比例1:25万

※ 祁门水系图

宝贝，风调雨顺，五谷丰登，六畜兴旺；然一旦使坏，以超速度降临，就成枪成炮成炸弹，浊浪排空，翻江倒海，毁田毁地，毁桥毁路，毁村毁人，破坏巨大。转眼间，便是万户萧疏鬼唱歌，揪你个措手不及。大自然之水，便是这种既天使也妖魔的化身。

史书载，祁门最大水灾发生在乾隆五十三年（1788年）五月初六夜间。其时狂风暴雨大作，山洪暴发，至初七凌晨，东北诸乡及县城一片汪洋，乡间房舍毁坏无数，城中水深三丈，楼毁尸浮，事后统计县乡溺死者达六千余人。水痛古人，同样也痛今人。1982年

6月21日，祁城遭水灾，我则亲身经历。那日凌晨我被家人叫醒，两点水进老屋，三点漫入房间，四点十分水位最高。洪水没膝，掀鸡笼，翻床铺，漂水缸，浮凳桶，柴火、刨花、木炭满地游弋。家人慌不迭，以家具压八仙桌，用楼梯抵大门，老人小孩急忙上楼。人走动，尽是哗哗划水声。电也停了，我摸黑出门，见街面晃动的煤油灯手电筒，拖出光影像鬼火。有妇女在祈祷：老天爷保佑啊，不下了！不下了！人们盼退水，终于在晨光熹微时，水位略减。退了！退了！街人一片欢呼，喜讯须臾传各家，紧张、饥饿、困顿、焦灼，顷刻一扫光。至天亮，洪水渐退尽，满街淤泥细沙，散发浓郁臭味。而低洼处，大水仍封门，半截屋舍浸水中，家具还在漂游。

更有甚者，二十世纪五六十年代后，因过度砍伐，致生态恶化，水患更频，其中以1995年为最，祁门水灾惨烈。事后我参与编写一书《大浪丰碑》，专记这次水灾：5月20日、5月25日、5月30日，是祁门史上三个灾难日子。安徽最大雨量集中在这里，十天降水量达七百六十三毫米，水位高过乾隆五十三年。山洪暴发，蛟水咆哮。阊江水涨五米，县城一片汪洋；闪里水头高八米，村被毁，田淹没。全县所有乡镇普遍受灾，四十二村被水困，八百四十六间屋倒塌，十万亩农作物受灾，八千多立方木材和数百头家畜被冲走，损失之大历史罕见，全县直接经济损失七千万元。山洪是号角，灾难逼人拼命。县委县政府半夜起床，以电话架起空中指挥网络。县水电局人员驱车三十公里，抢往溶口水电站，当电机刚吊起，高压线断，洪峰来到。金东河泛滥，瓷厂半夜拉警报，工人冲进窑炉车间抢险，水泥厂三十多名工人跳入水中，抢铁粉和煤块。文闪河报警，闪里干部冒夜挨家敲门，洪峰到，街道尽毁，然八百多人悉数转移。天亮后，县直部门闻水动，抢险疏阻勘灾，昼夜不息。山洪无情，但能唤起人间大爱。就是这年洪灾，到处义举频现。新安乡良禾口木材检查站六名职工，上午抢险，下午募捐，行为感动一过路的江西挑秧农民，其毫不犹豫，当场捐款五元。省农经委一主任恰逢来祁工作，临别留一信，打开竟是五百元捐款。6月6日，县里举办风雨同舟赈灾义演，当场收捐款一万五千余元。事后全县统计，共得捐款三十二万元。类似惊天洪灾还有多次，难以概述；类似泣地故事，更有不少，不胜枚举。

水是双刃剑，成灾可毁万物，也是福祉，巧用福佑人类。祁门以水造福事例也多，古时有塘碣水碓等，近代有水库电站等。尤其客观说一句，农业学大寨，玩水尤其到位，变水为利，好事多多。据新编《祁门县志》载：至2005年，全县有小型水库三十三座，总库容一千五百九十二万立方米。其中多属那个时代产物，那时人很拼，劲蛮足，红旗招展，万民治水，场面特宏大，说史无前例也好，赞绝无仅有也行，均不算夸张。现在农村灌溉设施，基本多为那时所建。其时我也有幸参与，至今记忆犹新。那是二十世纪七十年代中期，我为知青，先到城安公社芦里水库修水渠，干抬石担泥活。因年轻气盛，三百多斤巨石，居然也能哼嗤起身，相比农村青年，力气不算逊色。这在当地已属新闻，殊不知还有嬉水，本事更艳人。其时水库大坝早建好，坝高近十米。休憩时，我们常从坝顶跳下去游泳，深山农民感觉特稀奇，过程被夸张得一塌糊涂。说是城里知青不得了，从坝顶高空跳下，入水几小时都不露面，那口气好长好长。我们被捧为超级达人，屁颠颠神气，几至不知自己是谁。后到雷湖乡修剪刀卡水库，筑路打炮眼，也是不含糊。不久又被派到行署水电局，在屯溪杨梅山专为设计人员刻钢板。其时恰逢高考来临，天赐良机让我啃书，遇不懂处，就地取材，拜设计技术员为师，如此想睡来枕，高兴得稀里哗啦。遗憾的是，不知何故，剪刀卡水库后来半途而废，至今没影。再后来，我到政府工作，为水事服务机会更多。先是受命为流源水电站使劲，半年中六次跑省府，为一百一十五名失去生产资料农民办农转非户口，鞍马劳顿，直到大年三十，才拿到省长批文，高兴得手舞足蹈。谁知在今日看来，不但是无用功，且感觉复杂。当时的一百一十五名年轻农民，先是被安置到赤山瓷厂做工，后因企业改制，天各一方。最近听说，其中不少在屯溪跑出租，心中不是滋味。还有湘溪岭水电站，农民因路事到乡里闹纠纷，我们半夜赶去处理。电站建成，招商引资来了浙江客商，签完合同省厅却不同意，说要打包组建全省小水电公司。我们再次讨好客商，好说歹说，劝其退场。

总的说，水是演员，可悲剧，也可喜剧，关键看人类怎么引导。祁门丰富水资源，虽有些微遗憾，然留下红利更多。譬如1996年，祁门被列为全国第三批农村初级电气化县，堪称水利最大红包。如今又盛世，希望和潜力更大。但愿不负大好河山之孕育，以巨献崛起，唱出惊天动地的水之歌。

天赐时

开中茶自来未有的创举

民国四年(1915 年)春天，姗姗来迟，3 月的北平甚至还飘着雪花。时任北洋政府农商部佥事的陆溁，怎么也不会想到，这个季节与自己命运休戚相关，他将与祁红结缘，开创出中国茶史空前绝后的事业。

这天一早，陆溁刚到办公室，就受部长召见。部长说："自五十年前汉口开埠，恰克图俄商、沪上英商纷至沓来，在此展开激烈的茶叶贸易战，现在汉口几成中国茶叶最大出口港。昨天上海来电，说有外商要求以农商部名义，去汉口颇近的徽州茶区考察。部里研究决定，派你陪同。你要留心观察，弄清老外真正目的。"陆溁当

※ 茶人出访（老照片）

即到沪，见到三人，两位高鼻深目老外均英国人，一叫柏雷德，身份商人，一叫海里思，身份茶师，另一位为中国"小开"，名洪敬斋。陆溁带他们出发，四人经杭州入新安江，到屯溪，然老外仅参观一厂，便提出要去祁门。至此陆溁明白，老外真正目标是祁红，同时获悉所谓英商，其实是上海锦隆洋行总经理。到祁门，正逢茶季，柏雷德十分来劲，不但参观茶号，且独自深入农家，仔细窥看初制过程，并向陆溁提出，要到茶园采鲜叶，以了解留蘖采法。如此盘桓两日，随后又去闪里看精制。一切如愿后，四人复回南路，取阊江至景德镇，经鄱阳湖到九江返沪，四人分手。

4月22日，陆溁回部，须臾部长又召，部长说："我们终于明白,外国人真正目的,是要在我国茶区扎根。现英商柏雷德公开提出,要求到红茶王牌产地祁门县设厂。照我国条约,外商不得到内地办厂。昨经国务会议研究,决定农商部自办茶场,抵制外商觊觎。地址选定祁门南路平里,此请陆金事兼任场长,速往祁门,克期开办。你要以最短时间、最少经费,树立科学化试验场、社会化种制模范,以启发茶农集体革新的基层力量。"

陆溁当即再备祁门之行。首先函电祁门同学章人光,要求平里村西高低山场,全部向章氏宗祠租用,并嘱及时选收良种。同时以农商部名义,向全国各产茶县征集茶种,要求他们径寄祁门。而后启程到沪,购锌片、轴承、螺丝等,以预备进山自造茶箱和揉茶机械,一切到位,启程赴祁。到平里已是初冬,同学章人光早在码头恭候,二人见面,紧紧拥抱,中国历史上最早业茶实业机构由此诞生。

陆溁事后回忆:"场地包括平地低山高山,面积宽广,已由同学租就。当即垦荒造路,建设茶场,并租定茶号空房,准备明春收茶农鲜叶,直接制精茶输出,开中茶自来未有的创举。"

次年(1916年)春,祁(门)浮(梁)婺(源)各县学生来此,开办训练班,成立工作队,播下新茶。除平里四百一十三亩丛植茶园外,南乡择定郭口设分场,上至双凤坑、塔坊、侯潭,下至贵溪、溶口、倒湖。西乡自历口、闪里、箬坑、高塘,成立培种分区。一年后,培种分区推广至皖赣两省十八处。

陆溁在祁一干五年。然岁月不如其愿，1926 年，国内政局动荡，种茶场迫于无奈停办。隔年（1928 年）4 月，降格为省属，改为安徽省立第二模范茶场，后又改为安徽省立第二茶叶实验场。维持一年，1929 年 2 月，并于秋浦省立第一茶叶实验场，改为安徽省立第一模范茶场。半年后，迫于形势再次停办。

※ 改良场梯形茶园雏形（老照片）

时局终于稳定。1932 年，主持上海商检局茶叶出口检验工作的爱国茶人吴觉农，在调研时发现该场危机，当即向安徽省建设厅呼吁，并拟具体良策，建议付诸实施。安徽审时度势，毅然决策，且力邀吴觉农任场长。吴为支持祁红发展，欣然应允，只身一人，奔赴祁门救场。当年 11 月，报经批准，他首先改场名为茶业改良场，接着整理旧茶丛，垦辟新茶园，开展制茶革新，创建运销合作社，并将模式推广到全国。1934 年 9 月，吴觉农等茶人努力得到回报，改良场回归为国立，经费分别由中央农场实验所、上海和汉口商检局、安徽省建设厅，以及全国经济委员会负担，当年拨款近七万元，为建场以来最富裕时期。年底，吴觉农出访欧美。胡浩川接任场长。

1936年，场部迁县城，县南竖新式厂房，添梯式条播茶园，平里和历口设为分场，同时遥控秋浦、修水等分场。次年（1937年），抗战爆发，改良场再次受挫。至第二次世界大战爆发，祁红外销受阻，形势急转直下，改良场无法开展工作，奉命进入保管时期。面对艰难，场长胡浩川带领职工，以个人不离场、工厂不荒废、茶园不生荒自励，一边自产经营，一边与茶农联营制茶，以茶养场，惨淡经营。对于那段岁月，老茶人陈观沧感慨万千：

　　我初到平里茶场，深山冷岙，一片荒凉。职工告知，山区生活习惯特殊，日出前日落后，正是虎豹觅食活动之时，切忌外出。因此，每当晚餐后，上楼闭门，点灯看书。有一夜，猛兽果然光临住宅，场犬悲吠，惨叫一声，被猛兽叼去，窜出围墙，场人持棍刀察看，是金钱豹所叼走。我们有事，经常由平里去祁门总场，沿途均是崇山大

※ 茶人在徽州　左一吴觉农，右二胡浩川

岭，虎豹伤人，时有所闻。有一日，我随茶场数人同往祁门城，转过几个村落，进入大山岗，在山脚边，已有多人等候结伴过岗。有人告诫，结伴过岗以午时为好，山上茅草丛中，猛虎打盹，人近虎旁，只要屏气速行，可度险关。因此，我们效此法过关，屏气、轻步、疾行、眼亮、耳灵，一闻风吹草动，冷汗直冒，似有临生死搏斗关键时刻之感。

抗战胜利后，改良场承担联合国善后总署安徽分署任务，成立复兴茶园工作站，提供贷款，发放茶苗和赈济面粉，范围涉及整个徽州以及东至等地，工作一直坚持到中华人民共和国建立。1950 年，改良场一分为二，一为祁门茶厂，一为祁门实验茶场。祁门茶厂为生产企业，1959 年搬县北，至 2005 年改制拍卖，共经历五十五年光辉历程，为中国规模最大的红茶生产企业。祁门实验茶场为科研

※　祁红出口茶箱

机构，沿袭至今，称安徽省农业科学院茶叶研究所。

百年老场，历经沧桑，以一缕幽深茶香穿越时空，丰功伟绩，彪炳史册。

茶人版黄埔军校

岁月如刀，将多少往事削成碎片，随风飘散。而对于茶业改良场，祁门山水的记忆愈发鲜活。缘由就在于当年的那些茶人，个个都是士别三日、当刮目相看的主，其中不少还出落为大咖，成中国茶界叱咤风云人物，令人咋舌和惊叹。

创始初期，陆溁带领祁浮婺各县血气方刚的学生，登高山，钻草丛，种新茶，搞育种试验、粒重试验、分栽试验、土肥试验、造林防风与阴影试验等，自造小型揉捻机和喷雾发酵室，改革日光制茶旧法等，技法独到，业态创新，令人大开眼界，后人誉陆溁为近代茶业先驱。

1932 年，七月流火，吴觉农一袭布衣，一只皮箱，从上海到安庆，经大洪岭到祁城，在三里街码头登船来平里，开创改良场新时代。

首先复兴茶园，对租用者实行整理，高山剪枝更新，低山择要台刈，平地择株修剪。场部茶园，做小型示范。一方面侧重改良，一方面垦辟郭口数百亩荒山，建梯式条形茶园。其次制茶革新，建萎凋车间，购进机械，茶品卫生和质量人提高。所有这一切，茶人默记心中，有口皆碑。乃至半世纪后，官方修志，轻而易举便搜到史料：仅 1933 至 1935 三年间，改良场共辟茶园三十七点四六公顷，为茶界先河之作。用吴觉农话说："不但本场事业，是伟大基础，即安徽，

祁红屯绿素称魁，
出欧评选再夺魁，
饮料药料称双绝，
富国利民人人爱。

祁门红茶特级珍屑均属皖产。今乌双薇世界食品金质奖裘寄粗词蒋表庆贺。 吴觉农题 一九八年中秋 玩乎文一笺 北京

※ 吴觉农茶诗

甚至全国茶树移培之合理化、科学化，亦将以此为起点。"再次是精心谋划，垫资示范，以茶农自有茶叶，自为精制，自主运销，组建合作社。至 1934 年全县发展到七十一社，社员三千余人，产量占总产的百分之二十五，价格创新高，茶农大获利，模式渐推到全国，为茶史谱写光辉一页。中华人民共和国成立后，吴觉农出任农业部副部长兼中国茶叶公司总经理，后人誉之为当代茶圣。

1935 年末，胡浩川接任场长，总部迁县城，新式茶园横空出世，机械制茶革新成功，茶叶人员训练班开办，渡艰难岁月之难关，在祁红乃至中国茶史，写下浓墨重彩一笔。县人记忆是："胡浩川个子不高，皮肤黑糙，说话不多，文绉绉的，很有学问，我们叫他胡大师。他在儒学前建西医诊所，在饶家坞放无声电影，祁门人都是第一次看到。他还写下《天下红茶祁门好》剧本，1949 年祁门解放，演的就是这部戏。"官方赞誉是："新中国成立，任其为中国茶叶公司首任总技师。"

1936 年，庄晚芳来到祁门，爬山头，钻茶棵，种茶栽苗，很快成为茶树栽培技术权威。后负责县城桃峰山开垦项目，出色完成任务，在中国茶史留下条播密植、等高梯形、"之"字山路、专业育种四大创举，奠定其技术权威的基础地位。1985 年，祁门茶研所搞七十周年所庆纪念，约请当事人撰写回忆文章。庄晚芳很低调："我的业茶生涯从祁门起步，在优美的山区，绿色的树木，悦情的山歌，健美的人群，引起我对茶工作的兴趣。在祁门主持开辟茶园，创办新茶厂，进行一些研究，取得一定的成就。"而后人给予的评价是："中国茶树栽培之父。"

还有冯绍裘，1936—1937年，在改良场专搞祁红初制和精制实验，从日德购进大型红茶初制揉茶机和烘干机，改脚踩为机揉，改笼烘为机烘。第一年以台湾茶机制小量红茶，夺上海顶盘。第二年，用德国克虏伯式大型揉茶机、筛分解块机、手推烘干机等，制两万斤上市，大受外商欢迎，又获顶盘。后人誉之为机械制茶之父。1938年其调往云南，参与创制滇红试验，次年研制成功，又被誉为滇红之父。

大师泰斗们的著作也多，《祁红复兴计划》《祁红怎样做法》《祁红毛茶怎样复制》等，不胜枚举。改良场精英云集，影响深远。今人回望，震古烁今的大师还有：享誉中外的茶叶专家昆虫专家刘淦芝、佛海实验茶厂创始人范和钧、湖南农业大学茶学专业创始人陈兴琰，以及钱樑、何德钦、陈观沧、徐楚生、陈季良……乃至改良场成为资格，成为品牌，令茶人无不向往。正如著名茶文化专家陈文怀所云："二十世纪六十年代以前出道的茶叶科技工作者，大多数都到祁红茶区学习、实习或工作过。现代著名茶学专家，不少人是先到祁红

茶区而后走向全国的。全国不少茶厂的早期工人和管理人员，也到
祁红茶区受过培训。祁红茶区可以说是茶叶学校，桃李满天下。"

　　同时，改良场的国际影响也深远。据不完全统计，仅二十世纪
三十年代中期，先后就有日本著名茶叶专家山本亮博士、中英茶叶
公司英籍顾问韦纯，以及苏联驻港茶叶专家等来访。

大师之后的嘱托

　　昨天是今天的往事，今天成明天的乡愁。

　　2015 年 6 月 28 日大早，下榻于祁红国际大酒店的一位老人，
迫不及待拉开窗帘。九楼窗外是一派高远山景，天湛蓝，云轻飘，
夏阳高悬，满目金光，一个大好晴天。南面有茶园，铺展而去，连
接层峦叠嶂山脊，苍翠如黛，泛出养眼绿韵。山脊左峰，矗立一塔，
被东来阳光映射，兀立庄严。然塔身白得耀眼，几有刺目晕眩。难
道是凤凰山文峰塔？老人在心里嘀咕，他太熟悉这座塔了。因家中
留有一帧照片，照片中共五人，父亲于左墙侧立，身边是胡浩川，
另三人父亲虽未说，但身后背景就是古塔。父亲曾说祁门有座凤凰山，

※　吴甲选在牯牛降

凤凰山上有宝塔，叫文峰塔，是祁城名胜，县人常来此登山。

　　老人决定下楼到酒店外一走，推开圆转门，清新晨风扑面而来。迎面是宽阔公路，对面立一牌：安徽省茶叶研究所试验园。是巧合吗？老人问自己。不费吹灰之力，轻而易举便寻着父亲供职的后继单位？老人纵目望去，满山遍野梯式茶园，一圈一圈逶迤铺叠，高低错落，绿韵无边，其中隐约有人影晃动。大树青翠挺拔，株株伫立，写出山岗荫凉。山洼耸出白墙黑瓦楼影，层层叠叠，静立雾霭中。老人心头掠过似曾相识的熟悉感，以及同时产生的疑云。是县城桃峰山茶园？他不敢确认，但又不舍得放弃，转身与身边夫人嘀咕，又似自言自语。夫人叫张素娟，多年一直陪伴丈夫问茶事，知其心结，应声答道："回头我问问。"

老人叫吴甲选，高挑身材，鹤发童颜，一袭风衣，一顶礼帽，一副眼镜，举止儒雅，玉树临风。准确说，老人昨晚就已到祁。然因航班晚点，从北京飞黄山，再转高速入县城，时间几近零点。其时夜幕四垂，云高星稀，光线熹微。车外山影朦胧，房舍静谧，路上行人稀疏，偶有车辆驶过，是风驰电掣的放荡，如入无人之境。晚风轻拂，似带缕缕茶香，然喧嚣褪尽，人声稀少，山城深水般宁静。老人知道，脚下就是父亲曾工作过且萦绕一生的故土，就是童年时每每听得耳熟能详的著名茶乡，就是自己向往多年而今终于抵临的祁红圣地。多少回梦绕，多少次念想，而一旦真切入境，却是这样一个深夜，距父亲离祁，已时隔八十整年，距改良场问世，更是时隔百年。老人此次来祁是参加祁红博物馆开业典礼，然心中更有重愿，访父亲往事，寻父辈故址，寄放自己的乡愁。

祁红博物馆盛大开馆，彩旗地毯，标语红幅，欢声笑语，鲜花美女，一派喜庆。五百多位嘉宾中，甲选夫妇无疑是重量级贵宾，这不仅因为老人一生从事外交工作，曾任中国驻牙买加全权大使，为我国知名外交家，然更重要者，老人是当代茶圣吴觉农之子，现为吴觉农茶学思想研究会副会长，无疑备受关注。

开幕仪式完毕，我专从屯溪赶来，去看望甲选夫妇。走进吴老房间，我们热切攀谈，从祁红谈到祁门，从天气谈到生态。兴许老人来到父亲工作的地方，心潮澎湃。交谈甚欢，老人突然问我："平里离城有多远？"我心头立马浮现改良场旧址，那是吴觉农当年工作的地方。不用说，老人想去寻访父辈遗址？！

我与老人初识于2002年芜湖茶博会，其时我为祁红团带队，老人作为贵宾，专门来问祁红。我们一见如故，聊祁红，聊茶史。无意间聊到当年吴觉农在平里创办合作社一事，我告知祖父曾追随觉农先生，创办起合作社。到1946年，该社已发展到一百八十一股，股金两千零八十八元，生产贷款四千二百零二元，已有中上规模。老人尤为高兴，叮嘱说："你应该写写这篇文章，那段历史很珍贵，有机会我真想去平里看看。"由此我知道老人心结，今天他们夫妇

※ 吴甲选等茶人参加祁红博物馆开馆仪式

到祁，这可是千载难逢机会。于老人说，了却一桩夙愿；于祁红言，应是再添佳话机遇。机不可失，时不再来，我当即接过话题："平

里离县城不远，也就二十分钟车程，且路况极好，一马平川沥青路面。您老人家一定去一趟，我来安排。"是夜，我联系平里镇长，落实陪同人员，一切就绪，就等老人启程。

※ 平里改良场旧址大门

甲选夫妇到平里，时在 6 月 30 日。镇长早已迎候路边，老人下车，众人喜迎而上，告知右侧便是改良场旧址。老人驻足，看墙头彩旗，门开八字，两边红底白字对联：融入一带一路，再筑祁红辉煌。而招牌是华茗园祁红公司，昭示从前已成历史，今天面貌更新。

※ 平里改良场遗址

※ 平里改良场内部

※ 吴甲选问安茶

老人走进去，转身见宽阔广场，高大烟囱，周边围平房。人气虽不旺，然下砖墙上木栏的老建筑，依旧成片，足有十多栋，伟岸屹立，显示浓郁民国范。镇长告知，当年改良场建筑基本都在，不但萎凋揉捻干燥车间以及员工宿舍完整，就连制茶机器也丝毫无损。老人走入车间，幽幽茶香扑面而来，硕长萎凋槽、整齐发酵架、铁质干燥机井然排列。老人走近高大的德国产克房伯牌揉捻机，信手抚摸，似乎听到机器轰鸣、摸到父亲手泽。继而登二楼，观看祁红历史资料展览。

这里陈列有 1915 年手摇揉捻机、民国时茶箱，以及吴觉农、胡浩川、庄晚芳、冯绍裘等茶界泰斗的工作照和文字介绍。甲选夫妇在像前久久凝视，认真听陪同人员讲解，曾经生动的历史，此刻鲜活展眼前。

看罢故址和展览，甲选夫妇感慨万千。尤其甲选老人说："我在五六岁时，就常听父亲说祁红，知道祁门是中国产生好茶的地方，但一直没有机会来，今天愿望终于实现了。父亲当年能在这样艰苦条件下建立中国红茶的根据地，实在不易。他老人家曾说过祁红品质超绝，为世界之冠。之所以对茶叶这样关心，出于一个愿望，就是爱国。我的愿望也同父亲一样，就是希望中国能够复兴，能够发展。"

　　走出改良场故址，甲选夫妇又来到对面梅南公园。这里古木参天，林荫匝地，地临阊江，曾为当年码头。甲选夫妇与众人在此合影留念。而后不顾炎热，挥舞藤帽取凉风，信步而走。他走近宁静宽阔水面，看残留石阶，仿佛看见当年父亲登船身影，嗅闻到昔日祁红外运香韵。

　　随后，老人听说附近平里中学，曾叫茶叶中学，起步资本就是源于父亲当年所辟郭口茶园，心中尤其兴奋。想到那片茶园，《吴觉农选集》中就有记载，于是提议出去看看。到学校门口，甲选夫人拍下照片，算是记下父辈精神的遗韵。饭后，老人闻说对岸程村碣，日前已开发巴拿马金奖得主胡云霞故居的祁红古道，婉拒众人劝阻，执意去看。再次顶烈日，专程到古道路口参观，留影纪念。

　　老人走了，祁红又添故事。其实，当代茶圣吴觉农之后人的祁红深情，何止甲选夫

※　吴甲选夫妇走访平里

※ 改造后的平里改良场车间门楼

妇一代，早在 2009 年夏，甲选之女即觉农大师孙女吴宁，也专程来过祁门。

那是 5 月 14 日，吴宁经朋友引荐找到我。其时，我已调离祁门，在休宁工作。我们在新宇酒店见面，稍高略胖的她亲切而直爽，她说自己已居美二十余年，这次来国内，是为撰写《爷爷和他身边的茶友们》一书。因自己不懂茶，目前正在浙江大学听课学茶，并抽空到茶区采风。她说曾看过我写的祁红茶书，知道我熟悉祁红情况，掌握不少祁红史料，特地来拜访我，希望得到我的帮助。

面对她的诚挚和担当，我既感动又愧疚。感动的是，一个本不学茶的华籍"老外"，就因爷爷曾是茶人，居然放下自己的专业，不远万里，跋山涉水，专来国内学茶习茶，且专程来问祁红；愧疚的是，我等本土茶人，对其爷辈几无研究。我当即表态：有机会服务，当为荣幸，责无旁贷，一定竭尽支持。

我们坐下交谈。我告知她，我曾聆听过其父甲选先生教诲，也曾思考过祁红之所以有名，很大因素就是因为有其爷爷觉农先生等一大批泰斗式茶人所做的巨大奉献。然我很快发现，眼前的她，虽常居异国他乡，貌似不懂茶，其实所掌握茶知识并不比我少，所了解茶史远比我多，所思考茶问题更比我深刻，所感悟茶思想比我更高远。她根本就不是什么门外汉，俨然一位老练茶霸，资深达人。

事后，我将手头的祁红资料悉数交她，替她联系好去祁事宜，并派员送达祁城。不日，祁门茶友倪群告诉我，吴宁到祁门，先后跑了平里改良场旧址、祁门茶叶研究所，游览了祁城，拜访了多位

※　县城桃峰山茶园

老茶人，搜阅了大量资料，感奋激动，无以复加。尤其感叹当年改良场，不但走出了爷爷等一大批杰出专家学者，且为中国留下宝贵遗产。如今岁月虽去，有幸留下的平里和祁城遗址，绝对是茶界高地，震古烁今，堪称绝版。尤其在县城，她登临茶山公园和考察改良场遗址后，见场部犹存，面貌依旧，更感叹不已。

毫不夸张地说，吴宁所关注的茶山公园和改良场遗址，我最清楚和熟悉不过，那是祁红茶乡堪称地标的所在。茶山公园面积虽不足百亩，但环境十分幽雅：山顶古木参天，茶亭临风，周遭绿韵连绵，峰峦起伏。山脚牌坊当门立，祁红浮雕挂多处，山脚茶女雕塑频添风景。举凡县人休闲、外宾观光，无不来此盘桓，节假日更是游人如织，笑语喧天。紧邻茶山公园南侧的县委大院，即昔日改良场总部，三面为茶园环抱，一面临塘，布局疏朗宏阔，气派非凡。干燥车间、拣场、实验室、专家楼、医务室，以及职工宿舍等古建筑旧貌依然，木门窗，白砖墙，坡屋顶，两层高，虽无精雕细刻，然原汁原味，古风可人，至今未改民国范。满满的茶叶加工科研范，以及典型民

※ 祁门茶研所基地

族工业遗风，不啻为茶事
古建标本，价值连城。

吴宁离祁不久，给我
发来电子邮件，表示一定
要将祖父一辈的故事，以
及祁红茶乡风貌整理出来，
彰显于世。同时以一个国
外人眼光，以及一位业内
人思考，对遗址的保护和
利用，给出由衷建议，情
深意切，感人心怀：

※ 中华人民共和国成立初茶研所茶工种茶

※ 茶研所现景

我在祁门时，曾
听说，当年胡浩川先
生和其他茶人曾工作
过的楼要被拆掉了，去盖一座星级宾馆，那就太可惜了，是一
件不可弥补的悲剧。世界上、中国有千千万万俗气的星级宾馆，
而祁门有历史的茶建筑却是世界上独一无二的，好好保存下来，
对宣传祁门红茶的历史，对祁门县是多么的宝贵。有人告诉我
可以给黄山市委书记和黄山市市长直接写信，我起过几次草，

但都没有寄出，因为我不认识他们。

祁门是以茶闻名世界的，就是在美国的中部，我去茶店，喝茶的人对祁门也是知道的，所以所有祁门茶的遗址值得无数个所谓的宾馆。以后交通方便了，以祁门茶的历史，就可以招来很多游客，也可以办一个祁门茶历史一游（祁门的茶和它的历史遗迹在世界上的地位是独一无二的），这是从经济角度来看这件事。

从历史角度说，祁门县城除了那两座古桥、山上的古塔，就是这两幢茶厂的楼是最宝贵的。在茶历史方面，中国没有另外两座楼比祁门的这两座楼更值得保存了。真应该用那两幢楼建一座中国茶博馆，为什么建座宾馆一定要拆掉这座有历史意义的老楼去盖呢？祁门县城里有的是其他地方可以拆的。

2000 年前，我在美国已经有近二十年的时间了，我虽然对美国的大学、图书馆、交通等现代化设施的方便的生活环境满意，但总觉得缺少些什么。我在一家法国的电讯公司做网络设计师，有机会到巴黎去住一年，正好我住的地方就在卢森堡公园旁边，每天走过塞纳河，我都很感动，我感到我找到了在美国缺少的东西——历史和文化。在巴黎，在很多小街小巷，我都会看到许多真正的历史的遗迹……我在祁门县城住的那两天，就能够感受到她的历史和文化，虽然表面上很破旧，不发达，但不像很多的其他的城市，都是千篇一律的高楼大厦，就是表现一点历史，也是新造的仿古街道。这些仿古建筑，与历史留下来的建筑是不能比的。我去罗马就更感受到它的历史，那里有很多"失修"的古建筑，就是罗马的土，都是有艺术的。祁门的那两幢破旧的老楼也给我同样的感受。很想听听你们的想法和建议，听说你们动议着手保护了，这真是太好的一件事情了，是不是保住那两座楼就有希望了呢？

有一种记忆叫三线

祁城工业，历来茶厂是王牌，或有茶机厂等，似属配搭。乃至"文化大革命"前夕，冒出新词——三线厂，县人一片迷蒙。

祁城人认识三线厂，是从自来水开始的。此前居民用水，全靠挑河水或井水。不知何日，县城马路开始开膛破肚，知情者说，三线厂在安装自来水。不久，自来水果然降临，水龙头设路边，外套一小木房，每天中午定时开放。一老头稳坐其中，收取面值一分钱水票后，在屋内左一下右一下拧开龙头，水流便哗哗灌满屋外两只水桶，前面挑走，后者立马跟卜，挑空桶队伍随即也前挪，如此形成风景，很是壮观，下河挑水的场面从此在我们生活中消失。

我们溯水而问，得知那供水厂家叫七一厂，与北门茶厂相邻，来自上海，是三线企业。同时还得知，祁门城里类似这样厂家还有两处，一叫为民厂，一叫朝阳厂，均坐落城西薛家坞。继而再留心观察，发现三家厂均很神秘，其行政和业务根本不受地方政府管辖，物资供应和生活设施全在厂区，工人基本不与当地交往，厂区用布满锋利的碎玻璃砌起围墙或长竹篱，与地方隔开，门口设岗，严防死守，生产什么当然更不让人知道，俨然独立王国、上海飞地。此后，时间久了，三厂因职工增加，逐渐扩张，先后在县北石山坞、西门口、南门凤凰山建起宿舍，房型像鸽子笼，祁城人不屑一顾。但因处厂外，工人采买生活用品，不时到周边市场，久而久之，神秘面纱逐渐掀开。我们这才知道三家厂属军工或军工性质企业，对外一律保密。厂址按备战要求，专挑山高弯多坡陡山沟布局。祁门为典型深山，理所当然为首选。继而得知，三厂规范称谓：七一医疗器材厂、为民磁性材料厂、朝阳微电机厂。同时获悉更多秘密：如三家厂拥有治外法权，即治安和办案均由上海公安三线分局负责；职工户口属于上海市；厂与外界特别是上海的联系，有独立系统；看病有自办医院等。

　　三线厂地处山区，因生活习惯和文化背景的差异，沪人骨子里视本地人为阿乡，本地人即称其为"上海佬"，二者虽井水不犯河水，但因同居一地，同饮一水，难免交集，并非老死不相往来。除却极少数婚姻关系外，日常生活来往最多，由此带动地方风貌习俗大变。譬如蔬菜采买，祁城本不大，一下增添几百张嘴，其时又有部队，供应从而紧张，导致菜价上涨，于是居民每出怨言，情有可原。再如河螺，本来满河皆是，沪人勇猛，下水捞起开吃，香飘一城。本土人发现新大陆，浅尝难止，结果一夜河螺爬万家。还有穿戴饮用，上海人开风气之先，追先锋时尚，本土人跟风，委其从上海购买流行的确良布料、大白兔奶糖，以及香皂、牙膏、香烟、面盆、水瓶、铝锅等，司空见惯。上海人即反托祁人购买香菇、木耳类，从而开始礼尚往来。其时我在安陵插队，就曾为之大买干笋、花生之类，整麻袋搬运，吭哧吭哧，不亦乐乎。至于反托，因手头拮据，几乎没有。此外穿着，本土更是自动拥沪人为潮流领导，尤其我等男生，天经地义以上海人为榜样，发追螺丝头，上着卡其蓝，下穿喇叭裤，脚蹬尖皮鞋，完全"小开"相，父母反对，他人不屑，然自我感觉极好。年轻女性，即理所当然捧沪女为模特，涂眉烫发，头顶大波浪，老人即称为鸡窝。至于三家厂因占用农地，分别在祁峰、桃峰和建峰招去少量青年，一入厂内，多数很快被同化，满身沪范行头不说，就连语言也海派，半土不洋，人称"假上海佬"。改革开放后，三线女的装扮，更不输影视明星，一天一变，更令本土女郎痴迷，跟追不及。更重要还有文化交集，沪人文娱生活几乎高出小县城几个档次。譬如他们经常在内部放电影，一线城市的《列宁在十月》《追捕》《佐罗》等经典新片彩片，会在第一时间上映，但对地方不开放。当地小孩便爬礼堂窗户，抓栏栅钢筋，透玻璃偷看。当然，厂区有时也对外放露天电影，居民闻讯，宛如喜事，少数人甚至傍晚便搬凳占位。电影开映，银幕前水泄不通，就连幕后也是人。露天电影基本以老片和黑白片为多，专属慰问地方的福利。此外，沪人子女就地入学，小学中学均有他们身影，学校与之关系相处较好。

小三线为祁人打开一扇外看世界的窗户，更为祁门发展带来机遇。1984年后，按照国家规定，三家厂无偿交给地方。这对经济长期处于第三世界的祁门来说，无疑是一笔巨大资产，尤其对基础薄弱的工业，更是难得动力。其时，县里高瞻远瞩，制定出全盘接收、全盘利用思路，除划出部分生活设施办起县职教学校，以及供机关做宿舍外，三家厂一律办工业。其中朝阳厂原封不动，整体照搬，仍生产微电机；为民厂西区改为建筑材料厂，东区改为针织厂；七一厂南区并给县茶机厂，北区办起蛇药厂。小小山区县，一下平添如此多厂，面貌焕然一新，名闻遐迩。安徽省很快发现典型，因势利导，1986 年秋，专门召开小三线接受利用现场会，皖南所有小三线县市云集于此，听取祁门介绍经验。会上祁门提供材料共两份，一是县里关于全盘接收利用的综合性大会发言，一是政府办委派我执笔撰写的朝阳厂个性化书面发言。会议结束，深山飞凤凰，祁门大扬名，由小三线化身而来的工厂，犹如流星亮相，耀眼光芒划过茶乡天空，短者十年，长者二十年。

光阴如梭，人生苦短。三线沪人在祁生活毕竟长达二十多年，他们把最美好的青春年华奉献于此，也就留下太多的不舍和回忆。于是，半个世纪后的今天，不少人纷纷回祁，开始寻根之旅。譬如2015 年，原为民厂子女筹办了一场《分别三十年大聚会》，几十名中年男女齐聚祁城，重圆怀旧梦。事后，一名叫小安的网友，将此制成视频《印象祁门》，上传网络，尤为感人：

时光荏苒，韶光易逝！1972—1984 年的祁门，让我们经历了出生、小学、初中这样一段彩色童年，记忆却似沙漏般流离在弹指间！忆往昔，不知到底遗忘了多少，还记得多少。无论是熟悉，或者是陌生，任由青丝变白发，依然难以释怀祁门这段发小情节……

当然，祁门人也怀念他们。譬如祁城一叫支品泰的收藏爱好者，藏有一彩色瓷盘。他说这个瓷盘是为纪念我国风云一号气象卫星 B

星发射成功而做，卫星上就有我们祁门三线厂的产品——高分辨率扫描轴射计，看似乒乓球大小，但作用很大，能使卫星的磁性稳固度加强，以保障卫星在行进中按照设计程序，有条不紊运行。四两拨千斤，这也是祁门的骄傲。

有一种情感称兵愁

于国防而言，祁门山旮旯，最宜备战。城里藏三线，乡村躲军营，再好不过。

大批部队入祁，时在"文化大革命"初期。那时祁城造反者分两派，一叫联总，一叫革联站，双方势不两立。某日，两派在县城十字路口木台上，举行大辩论。双方正辩得面红耳赤，唾沫四溅，眼爆脖子粗，忽然轰隆隆驶来一溜军车，橄榄绿，解放牌，一辆接一辆，煞是威武。联总灵机一动，振臂高呼："感谢解放军支持联总！"革联站也不傻，撕嗓豪吼："坚决拥护解放军前来打倒联总！"面对车下手臂如林，呼声一片，车上兵哥冷看喧嚣，不为所动，一脸静美，依旧轰隆隆，一溜烟驶过。路人事后知，部队是来驻防的。

部队来了，祁城人急忙腾地，县委大院、党校、农业局等多处机关用房，一夜间成军营，门口哨兵，荷枪实弹，县人不能再近。乡镇也有动作，譬如小路口街，四类分子统统举家搬迁，挪到偏僻山沟居住。稍后，部队在乡野大兴土木，打坑道，筑营房，数年间，吭哧吭哧建起军营大片大片，至于是什么军事设施？不知道，你懂的。终于在数十年后，县人明白，这支部队军部、旅部、团部都有，且遥控各阵地，级别颇高，非同小可。

一抹橄榄绿，从此布茶乡。军地双方同顶一片天，共饮一江水，天长日久，国防业绩大，双拥故事多，车载船装说不完，其中部队晋升将军者就有十多名，可见一斑。因此，祁门第一批跻身全国双拥模范县行列，为此我曾参与撰写申报材料，至今记忆犹新。

铁打营盘流水兵，如今半世纪光阴匆匆过，军部、旅部也已换防他地。然那些曾驻的兵哥兵妹情感仍如山，理还乱，扯不断，魂牵梦绕忆青春，时不时就有感伤。譬如近年兴微信，一群曾在祁服役的复员兵拉起朋友圈，某日贴出一歌《小路口》，其中第二段有故事，感怀动人击泪点，令人难掩唏嘘：

一位远方的大姐，悄悄到这小路口，抚摸着土屋的墙壁，忍不住热泪流。多少年过去，牵挂何时不有。多少年过去，真情却依旧。事业的继承人哪，你在哪里？小路深处有高楼。青

小路口

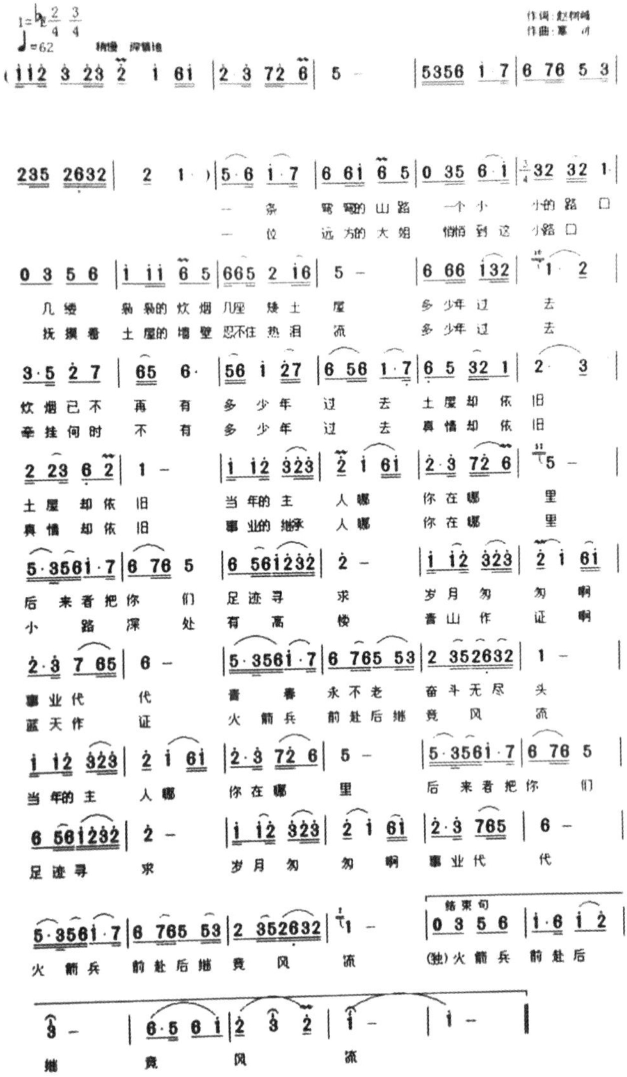
1=♭E 2/4 3/4
♩=62 稍慢 抒情地
一条弯弯的山路 一个小小的路口
一位远方的大姐 悄悄到这小路口
几缕袅袅的炊烟 几座矮土屋 多少年过去
抚摸着土屋的墙壁 忍不住热泪流 多少年过去
炊烟已不再有 多少年过去 土屋却依旧
牵挂何时不有 多少年过去 真情却依旧
土屋却依旧 当年的主人哪 你在哪里
真情却依旧 事业的继承人哪 你在哪里
后来者把你们足迹寻求 岁月匆匆啊
小路深处有高楼 青山作证啊
事业代代 青春永不老 奋斗无尽头
蓝天作证 火箭兵 前赴后继竟风流
当年的主人哪 你在哪里 后来者把你们
足迹寻求 岁月匆匆啊 事业代代
火箭兵 前赴后继竟风流
结束句
(独)火箭兵 前赴后继竟风流

※ 《小路口》歌谱

山作证啊，蓝天作证，火箭兵前赴后继竞风流。当年的主人哪，你在哪里？后来者把你们足迹寻求。岁月匆匆啊，事业代代，火箭兵前赴后继竞风流。

歌中小路口，确切说叫石谷里，就是当年司令部。本为名不见经传小山村，自从部队入驻，军情沸腾，乡村剧变，数十年走过军人不计其数，然他们视此为永远的第二故乡，时常情愫喷薄，深情飙歌，诉思念，抒感伤，托情怀，梦中回望。《小路口》故事本传奇，恰唱者为女兵，名叫潘亚林，兴许也驻过小路口，声情并茂泪盈眶，歌声直击人软肋，听者难站稳。

世间事，真奇巧。我的经历中，也曾陪过女兵寻军营，是歌景再现，还是诠释歌意，至今难说清。那是二十世纪九十年代中期，我在县政府办公室上班，某日约十二点，正准备下班，忽听有人敲门。抬眼看，是一年轻美女，三十出头。其自报家门："我叫王青，在科技部下属情报站工作。近日来黄山市开会，今天会议安排上黄山，我没去，专程来祁门，想去小路口，看看我十八岁参军时的军营。但不知如何去，你们能帮帮我吗？"

小路口女兵？想去司令部？我的脑袋做快速反应。要知道那可是军事禁区，因自部队进驻，经几十年建设，已是小有名望军事基地。然祁门军民关系向来融洽，血肉相连，亲如一家。现面前来一女兵，要访昨日军营，不是双拥也是双拥。想到此，我几乎没作考虑，满口答应，当即叫来司机，立马登车出发。其时祁西正修路，一路坑坑洼洼，我们颠簸摇摆半小时，浑身疲惫。车近村口，才见路牌，美女便激动得不行，不顾颠簸，大嚷停车。车未稳，冲出门外，仰望小路口路牌，久久凝视，半天无语，似入梦境，许久才缓神，对我说："小路口几乎没变化，还是老样子，只是开始修路了。"我不知如何作答，附和不忍，点赞不便，只好讪讪一笑。我们继续前走，车近石谷村，渐有军营扑面来，美女二次激动，语速喘急："这是教导队，那是卫生所，那那是五连营房。"她说的布局，反正我不懂，于是任其信口开河，我则一概点赞。偏偏美女的营房在司令部大院内，门口赫然设岗，哨兵凛然肃立，手一挥，喝令我们停车。我上前说明来由，意欲叫哨兵放行。未料哨兵问："你有介绍信吗？"我急忙掏出名片，哨兵一眼不看，满脸公事公办："必须叫首长给我电话。"眼见哨兵不买账，我只好挂电话，接通民政局长，请他通知部队放行。电波在空中嫁接，半小时后，哨兵终于接到电话。"啪！"猛一个军礼："首长请你们进入大院。"王青似乎发狂，立马弃车循路而入，其时军营正午睡，寂静无声。美女时而望望头上蓝天，时而摸摸身边大树，时而闻闻路边小草，似乎验证是否身在梦境。而后，熟门熟路，拐弯穿院，来到曾待过的营房，更是不能自已。一串箭步前冲，冲进走廊，对着铁将军把住之门，喃喃自语，不时又趴窗里看，嘴里嘀咕不停，脸蛋漾成一朵花……

故乡是什么，是昨日念想的寄放，是梦中仙境的归宿，是青春囤积的港湾，是斩不断理还乱往事回味的渊薮，是面前女兵找到的营房。

王青之行令我感动，我由此想起因工作而熟悉的许多面孔，以及更多未谋面的司令、旅长、连长、排长、战士，他们因国防建设需要，舍亲割爱，离乡背井，来到深山，打坑道，建营房，汗水淋漓，苦头吃尽，为祖国筑起无形长城，建立丰功伟绩，留下许多鲜为人知的故事。同时积极参与地方经济发展，扑山火，抗洪灾，修桥补路，扶贫帮困，将民众当父母，视驻地为故乡，与我们结下血浓于水的深情厚谊。同样，地方为支持部队建设，给土地，献木材，腾岗位，倾力帮扶，无私奉献，可歌可泣，事迹也多。如此军民合奏，唱出华章绝响，既为军史添光，更为祁门增彩，写出无数佳话，缘此才有军旅情歌《小路口》，才有王青千里迢迢问军营。老兵怀念，品尝的是思乡芬芳；祁人承接，是军友义重如山的情怀，既骄傲，更感恩。双双叙写人间最美好最深切的感情，多少钱买不到，无价！

其实，类似兵愁还有多多。譬如战士甲：

　　想当初，少年幻想青年盼望，我们在激动和喜悦中，拥抱渴望已久的荣幸，实现当兵梦想。在小路口，那巍峨的百倍岭和大娘家香喷喷的米饭，那很厉害的旅长和那训练老不及格的小兵，那绵延百里的通信线路和风景如画的牯牛降，以及我们宿舍三层小楼和门口小卖部。回望军旅，朝夕相处的美好时光怎难忘，苦乐与共的峥嵘岁月，凝结情深意厚的战友之情，训练场上，你我摔打毅志，军营小路我们倾吐肺腑。

再如战士乙：

离开小路口二十一年了，那里是我的第二故乡，是燃烧青春的地方，山山水水不时入梦：小路口木匠老王、石谷里老汪，还有家属区上坡处的小汪……好多老朋友的音容笑貌，经常在脑海回荡。十九年的大好年华燃烧在那里，筑就了不灭的故乡情结。还记得，助民劳动中，老乡送去热腾腾的茶水，春节农家中，那香甜的米花糖……纯朴乡情在记忆里徘徊：小桥流水、油菜花、红杜鹃、天然阳桃酸梅……美哉皖南，美哉小路口，因为她与我青春相伴！……

兴许再过几十年，深山的军事设施不再属什么机密，交予地方，那将是价值连城的旅游资源。领略当年神秘，饱览曾经军威，观赏深山国防，肯定大有玩头、大受教育。不是吗？完全可能。

地捧利

寻访土佬故乡

祁红，是一茶品，世界茶人都知道。祁红，是一地名，许多人不知道。

祁红为地名，始于 1958 年，其时三面红旗飘扬，祁门立为五个大公社，因祁南向产红茶，故名祁红公社。一年后，撤大公社，分立为二十五个小公社，祁红地名缩水，缩至县界一小片，接休宁，靠江西，即现在祁红乡。面积百余平方公里，七村六千余人，森林覆盖率百分之九十二点四，俨然深山老林一小乡。

小是小，边是边，然身份非凡。用红色语言称谓，叫革命老区。

※ 老红军汪振丰

其中出过一传奇色彩老红军，因土头土脑，人称土佬。1898 年生人，学名汪振丰。1931 年年初，其挑棕皮去江西瑶里，遇上红军，从此参加革命，随队伍在深山打游击。虽大字不识，但英勇机智，积攒传奇异闻一箩筐，诸如为红军买粮储粮近两万斤，保管埋藏枪支三百多条，以及割肉藏情报等。以致国民党到处贴布告，出高价悬赏他人头，且大言不惭宣告："祁浮婺休四县联合起来，活捉土佬开四体，每县挂一块。"搞得动静极大，知名度特高，在皖浙赣边界，几乎无人不知，无人不晓，不啻为大名头。由于贡献突出，1950 年，土佬作为老区代表赴京参加国庆观礼，曾受毛主席接见，后为县人大代表和乡镇领导等。

我最早听到土佬故事，年纪尚小。一个故事说：三年困难时期，农村没吃，甚至饿死人。土佬觉得问题大，亲自到北京，找到毛主席，递上一苞芦稞，说："主席啊，我是老红军，还有苞芦稞吃，可是农民没有，每天饿肚皮，开始死人了。"主席大吃一惊："哇！还有这等事？我不知道哩。"从此，主席重视了，农村没吃现象便好转了。一个故事说："文化大革命"时，土佬到学校做忆苦思甜报告，主题是骂地主。然不知怎的，他扯到自己家，说："那时候，我们家茶油多得是，用缸装，根本吃不掉。"主持人感觉跑题，急忙以嗨嗨干咳示意。土佬不解，依旧神采飞扬往下讲。主持人灵机一动，抢过话筒，带领台下振臂高呼："打倒地主！打倒国民党反动派！"终将跑题拉回来。故事是真是假？不知道，但给我的印象是瞠目结舌，此人了不得，神圣神奇神秘得一塌糊涂，打小心灵便耸起雕像，便是土佬。

　　1973 年 11 月，土佬逝世。其时我初懂事，记得整个祁门乃至皖浙赣周边都为之而动，县里在电影院举行声势浩大的追悼会，会堂一副大挽联："土佬终生为革命，丰翁虽死犹泰山。"各地吊唁人员络绎而来，不但有周边浮梁和景德镇者，且与之共同战斗过的

※　老红军汪振丰墓正面

中组部副部长李步新也发来唁电。乃至很长一段时间，民间百姓话题，基本都是土佬。我作为其故乡一员，自豪指数也大为攀升，依据其来头和舆论判断，认定此人经历一定动人，身世肯定传奇，名望必须张扬。寻思有朝一日，要弄明白其身世来龙去脉，将经历问个水落石出，将故事好好挖掘张扬。

立下夙愿，期待多年。终于到改革开放后，百花齐放，文学尤其热火。其时我也赶时髦，算是文学青年，满腔热血，全身沸腾，跟着潮流混，感觉应该担当，必须做点什么？做什么呢？兀地想到

※ 秋天古道

土佬，于是与文友汪炜商量，写写土佬怎样？二人一拍即合，于是在 1983 年 7 月中旬，迈开双腿，经月山下，过闾头，再翻山越岭到棕里，哼吱哼吱一路寻问，找到土佬故乡舍会山。

舍会山真是大山里，一个小村庄，几户人家，埋在山洼，东几幢屋，西几幢屋，无序散落，且基本土墙茅草。周围尽崇山峻岭，身边山风呼啸，山顶松涛排空。我们到村庄，将近傍晚，采访几位老农后，决定先解决食宿问题。因文学青年属体制外称谓，因故我们基本算无身份，但又不能没称呼，于是假充大头鬼，自诩县里来的，以此头衔去找村干部。七找八找，问着有一村干，且听说是一把手，高兴得不行，急忙去找，很快在其家门口碰上。我们说明来意，满脸灿烂，期待他浮现笑容。没料想，等半天，村干一脸冰霜，半声不吭，很久才吐一句："又是采访土佬？"我俩感到惊奇："有人来采访过？"村干头一昂，以一副少见多怪的语气说道："多咯。经常来，什么问题也解决不了？"我们不知深浅，不依不饶再问："你们想解决什么困难？"村干横过脸，侧眼盯我俩，反问："你们能解决吗？比如修公路。我们提多少年了，至今还不是这样？肩挑人驮，你们一路来没看见？"我们感觉有点麻烦，不好再深入接话。恰此时来了一乡村医生，村干立马满脸笑，迎接进屋，我们趁机尾随，也到屋内。待他们坐定，急忙主动与医生搭话，心中小九九，是想借机拉关系。因为凭直觉，我们知道，村干根本没有安排我们食宿的意思。即使我们付钱，在这穷乡辟舍，人生地不熟，也根本买不到吃住。于是我俩硬着头皮，小心翼翼附和着村干和医生的话题，天南海北乱扯，以期套近乎建感情，先解决晚饭问题。不久，村干开饭了，医生毫无疑问被请到上厅，我们尴尬立堂前，满脸讪笑，决定见机行事。终于看见村干挥了一下手，做个貌似赶苍蝇动作，我们立马视为是招呼我们坐下，箭步抢到骨牌凳前，恭敬规矩坐定。医生似乎看出什么，立即为我们夹菜。我等急忙拾筷进食，算是如愿以偿吃着这辈子绝无仅有的晚餐。饭毕，我们掏口袋付钱，村干表情依旧，但饭钱死活不收。

肚子填饱天擦黑，我等又跑几户农家，获得不少宝贵史料。至深夜，找到学校，适逢放假，铁将军把门，于是破窗而入，钻进老师房间，留宿一晚。次晨留下字条，致歉并感谢，再次翻窗而出，到溪中刷牙洗脸。而后，踌躇满志翻过大山，进入江西地界，继续寻访。

事后想，土佬心中的革命是什么？我们不知道。舍会山村干想修公路，很明朗很具体，且目标不算雄伟，实施也不难。但申请多次无果，心生怨气。适逢我们到来，他即视自己为土佬，将我等升格为县里。认为土佬想修路，县里居然不睬，于是明人不做暗事，一报还一报，公开将不满放到脸蛋和饭桌上，不给县里面子。目的是想让县里悟出道理，意识责任，引起重视，不要老是写什么文章、宣传什么事迹，与其虚无缥缈，不如真抓实干，做看得见摸得着的实事。如此说明，这村干很负责任，很敬业，完全值得肯定和夸赞。只不过，我等县里人与县里，完全是两概念，根本不能等同，属于此一码与彼一码。之所以如此，我们自诩县里人，犯了大错误。

　　两月后，我们写出《土佬》报告文学。再后来，县地方志办公室又邀我等为《祁门县志》撰写汪振丰传，算是不虚舍会山之行。又过好多年，舍会山终于通上公路，并被列为市县两级爱国主义教育基地，我等甚是安慰。

陈毅亲临舍会山

　　我们到舍会山，除却采风土佬事迹，还有一目的：沿陈毅走过的路走一遭，了解历史，找些素材，寻点感觉，受受教育。

　　从舍会山往南，翻过高山，山下有村庄，叫长岭，是土佬家属占秀凤家乡，但属江西地界。时隔多年回忆，记得长岭地处半山腰，村庄不大，离舍会山也就几里地。我们穿过村庄下山，便是公路，然后沿公路，一路走，一路问，经鹅湖等地，便到了浮梁县瑶里。

瑶里属皖赣边界老村，近年旅游火爆，其中新四军改编纪念地，是亮点之一，颜值很高。说是1938年年初，这里曾云集皖浙赣边界游击队三百五十多人，陈毅也待过九十天，留下故事多多。譬如与胞兄陈孟熙（国民党川军上校）重逢、在何家旮祠堂戏台演讲等，绘声绘色，传奇动人。然追溯游击队源头，多数出自舍会山。为动员这支队伍出山，陈毅曾亲临舍会山，其中故事更令我们着迷。

为弄清陈毅登舍会山，以及土佬等历史，我们做了很多功课。在舍会山问老农郑贵生、郑福建，在棕里访村支书老戴，在祁城采访老县长方海清等，以及看史料、查档案、翻书籍，费尽心思，推敲考证，几经跌宕，基本搞清原委。

背景：1937年10月，国共两党达成协议，停止"清剿"，改南方各省红军游击队为新四军，并发表《告南方游击队公开信》。为此，中共中央派项英、陈毅在南昌成立南方游击队总接洽处。10月底，国民党浙赣皖边区主任公署代表张甫成到舍会山，与中共皖赣特委代表李步新、江天辉接洽。11月初，双方到瑶里谈判，基本达成合作抗日协议。舍会山为皖赣特委根据地，游击队由于长期栖身深山，消息不通，听说国共合作后，不少人心存疑虑。特委经研究，决定一边和国民党当局接触，探其虚实，一边派李步新、江天辉到南昌找陈毅，想一竿子到底，直接与党中央联系。

李步新、江天辉从瑶里出发，经婺源到浙江衢州，再乘火车辗转至南昌。此时陈毅已去湘赣边区，闻说皖赣特委代表来南昌消息，当即回程。几人会面，激动高兴兴奋得一塌糊涂。李步新说："我们是从报纸上得到国共合作消息，不久果然有国民党当局来找我们谈判，并催促游击队下山。我们不理睬，坚持要听党中央指挥。"陈毅听罢，不断夸奖，表示非常满意，随即问皖浙赣边区有多少武装力量。当得知还有三百五十多人时，陈毅高兴极了，猛拍大腿说："很好啊，你们在那么艰苦条件下，还保存这么多武装，不简单啊！"李、江同时向陈毅诉说，叫游击队下山，思想工作很难做，许多队员对改编不理解，对国共合作有疑虑，提出不挂民国旗、不戴青天白日帽徽，少数队员甚至说，游击队下山就是向国民党投降……

听着听着，陈毅激动了，站起来，在屋内踱来踱去，思考半晌，说："我理解同志们，多年刀枪相见，国共两党积怨太深，红军游击队藏身深山老林，国民党都容我不得，不但家属受罪遭殃，甚至连株连九族的事都干出来，罪不可赦。"稍停，又说："而今形势有变，大敌当前，是救国救亡险要关头，我们当以民族利益为重，日本帝国主义把枪口对着中国人，我们中国人要枪口一致对着日本帝国主

※ 陈毅塑像

※ 幽深林地

义。这样吧，我随你们一同进山。"
李步新、江天辉听罢，感觉十分
意外，激动得频频点头，热泪盈眶。

进山：1937年12月初，陈毅
与李步新、江天辉，从南昌经景
德镇前往舍会山。行至皖赣交界
长岭的石岭头时，事先得到消息
的皖赣特委，早派来警卫排长邹
志诚和侦察连长柴茶生等人在此
迎接。

陈毅到舍会山，闻说当地有
一土佬，是党小组长，对游击队
帮助很大，房屋被烧四次，自己
被捕多回，坚贞不屈，一门心思
干革命，当即去看望。陈毅拉着
土佬手说："土佬，你是水，我
们都是鱼。没有你，我们活不了，
感谢你啊。现在国共合作联合
抗日了，跟我们出山打日本去如

何？"土佬嗫嚅半天，回答两句话："我不去！我还是种苞芦。"
逗得众人大笑。当晚，皖赣特委召开会议，会场设农民郑土子家。
陈毅首先对在艰苦环境中坚持游击战争的同志表示慰问，继而传达
党中央关于国共合作、建立抗日民族统一战线的方针政策，最后语
重心长再讲一番，将大家说得心痒血热。会议一直开到次日上午。
随后，陈毅不顾旅途劳顿，又在农家仓库下面的田地里，向全体干
部战士做《目前形势与任务》报告。他针对部分人存在的活思想，
讲建立抗日民族统一战线意义："日本帝国主义是中华民族的共同
敌人，敌人枪口对准中国人，中国人枪口也要对准日本帝国主义，
这是国共两党在十年血战后，能够走到一起的根本所在。我们要集
中一切力量，对付日本侵略者，识民族大义，化敌为友，团结内部，
共赴国难。"陈毅报告，一下打开战士视野，众人眼睛豁然亮，思
想很快统一。

出山：1938 年元月，中共中央东南分局指示，红军游击队改编
时机成熟，应尽快下山。同时，为方便扩军训练和准备交通给养等，
以便尽快开赴抗日前线，陈毅与国民党地方当局商洽，决定选舍会
山毗邻的瑶里作为新四军改编地。

皖赣特委迅速行动起来，元月底，红军游击队三百五十余人开
到瑶里。首先到的是王庆丰、李步新、江天辉、杨汉生所带领的皖

赣独立营，以及祁浮婺休边境游击队一百五十余人。第二批到的是熊刚所带领的原皖浙赣红军独立团部分队伍，以及阙怀仰带领的梭镖队五十余人，二者均与舍会山有关。最后到达的是都湖鄱彭中心县委书记田英所带领的一百五十余人。三支部队驻扎瑶河西岸吴家祠堂、敬义堂、宏仁寺等处。其时已近年关，瑶里百姓为迎接部队，纷纷拿出准备过春节的鞭炮燃放，接连几天，噼里啪啦，欢声笑语不断，村庄热闹空前。

1938年2月底，根据陈毅指示，皖浙赣边界红军游击队经过改编，统一番号为江西抗日义勇军第一支队，正式编入新四军第一支队第二团第三营，启程奔赴抗日前线。

1983年年底，我们根据陈毅登临舍会山史实，写出报告文学《会师天外》，采风结果实。

遗址：岁月虽逝，大山仍青。如今舍会山地区仍保留许多革命遗迹，陈毅驻舍会山旧址为其中之一，作为烽火岁月见证，巍然屹立。

旧址现为祁红乡永胜村舍会山组十五号。这是一座二层木楼土墙老屋，坐北朝南，一厅四厢。楼上为当年会场，北侧墙设逃生门，可上后山，通江西地界。原老屋墙体开裂，前墙外凸，现经整修，基本完好，成为革命传统教育基地。1985年10月公布为第二批县级重点文物保护单位。

另一种形式的抗日

陈毅到祁门，带领红军游击队大部队离开舍会山后，留下祁南各地二三十名地下党员，归属赣北特委祁婺休中心县委领导。同时，也掀开整个祁门抗日救亡运动新一页。

先是舍会山成立留守处，江天辉任主任。土佬果然没走，仍留守深山，开展革命工作。1938年3月，他受祁婺浮中心县委副书记指派，前往驻景德镇的皖赣特委办事，不幸被捕。浮梁伪县长高兴不得，亲自审问："我们早想逮你，逮不着。今天你自己送上门来，哼哼！"土佬头一昂，犟头犟脑甩一句："你们老老实实放我走。现在国共合作联合抗日，不知道哇？"伪县长看威胁不行，改为利诱，要他提供部队情况，土佬不为所动。转而伪县长又现温情，探问下山目的。土佬说："你们真笨。去年秋，我们两家不是在瑶里签订四条协议吗？我来是为部队采买。"原来早在1937年10月初，皖赣特委就与国民党绥靖别动队代表签署四条协议：国民党停止向红军游击队进攻；红军过境人员通行无阻；解除移民并村封锁，释放

※ 芦溪一瞥

政治犯；红军游击队停止打土豪，给养自由购买。土佬回答义正词严，对方无语，陷入窘境。土佬见状，大声孔叫："快放我走，耽误大事，国民党、共产党都找你算账，你们不怕？"对方理屈词穷，然又无奈，迫于形势，只好将其释放。

舍会山因有游击队留守，革命活动开展正常。而其他地方因机构动荡，人员变换，地下党员基本处隐蔽状态，工作暂停。但随着抗战形势发展，赣北特委与中共东南局意识到，从景德镇到皖南岩寺泾县等新四军集结地，路程太远，干部来往和文件传递，十分不便，途中必须设若干交通联络站。经七嘴八舌讨论，大家一致认定，从景德镇出发，顺阊江水路而上，第一站设祁门最合适。为此1939年年初，特委指示："张三贵（张云樵，中华人民共和国成立后任南昌市主要领导），你去景德镇祁门木业公所，找经理任通文，他是祁门人，地下党员。叫他物色对象，将祁门交通站建起来。"张三贵很快给任通文下达任务。任通文不辱使命，立马逆水而上，来到皖赣边界芦溪，于2月某天，找到地下党员汪挽华，如此这番交代任务。汪挽华立马进入角色，马不停蹄，三四天便物色了芦溪、祁红两地的地下党员，一为蒋家坵方积玉，一为松潭戴光辉。3月初，汪挽华到景德镇向赣北特委做汇报。特委表示同意，同时派出一位胡姓同志来祁开展工作。

汪挽华等人认为，不但要完成交通站工作，更应壮大队伍，开展抗日活动。4月，汪胡二人先到蒋家坼方积玉家，召集七八个党员开会，建立党支部，选方积玉为书记；后到松潭戴声鸿家，召集党员十人开会，成立支部，选戴声鸿为书记。至此祁南一度停顿的地下党组织，重新活跃。很快发展了汪西渔、郑泉昌等六名新党员，并将芦溪农民汪荣彬家设为交通站，汪挽华即以做木材生意掩护，不时来此布置工作。因工作出色，引起皖赣特委重视。4月中旬，特委书记石坚（陈更生，中华人民共和国成立后任上海市提篮桥区委书记）来祁，宣布成立芦溪中心党支部，汪挽华任书记，同时建立芦溪、店埠滩、程村三支部，传达方针和布置任务：一致抗日，团结御侮；有钱出钱，有力出力；减租减息，取消苛税；建立统一战线，团结开明士绅；争取进步的乡长保长，打击顽固派；发展抗日武装。是年8月，芦溪中心支部扩建为区委会，工作范围再扩大，

※ 芦溪老村

党员发展至五十余人。整个祁南活动有声有色开展，成为全县抗日救亡活动重要阵地。主要成效：一是地下党掌控了溶溪乡长和花桥、芦溪等保长职务，实为控制了政权。二是以合法借口，依据田地数量、等级承担保甲费，为群众减轻负担。三是家庭殷实的地下党员带头实行三七减租和二五减息，迫使其他地主、债主效法施行。四是特委干部薛明（嵇勉，女，无锡人，流亡学生）和颜某（石坚之妻）来芦溪，以教师等身份，帮助群众提高觉悟。1940年，在芦溪区委基础上成立祁门工委，抗日救亡活动进入最盛期。

与此同时，1938年茶季，另一人李修柏（李可夫）奉皖南特委之命到祁，发展冯宗礼等十余人为党员，建立中共祁城支部，后改祁城区委，下辖祁城和松潭二支部。他们以抗日救亡合法身份，打

※ 芦溪村口

入国民政府祁门救援委员会,并担任要职,使政工队基本为我党所控。同时在祁城和四乡发动群众,建青年工作团、抗敌后援会、歌咏队、话剧演出队、漫画队等三十多个,学唱《大刀进行曲》《黄河大合唱》等,演出《打回老家去》等剧目,书写抗日救亡标语,绘制张贴抗日漫画,编印《祁门新土》《春雷》等进步刊物,劝募捐款和衣服,慰问前方抗战将士和伤病员。其中舟溪、乔山、旸坑三剧团,巡回演出《黑衣人》《放下你的鞭子》等剧目,被誉为祁门三龙抗日洪流。活动如火如荼,与祁南相辉映,写下祁门抗日救亡的历史篇章。

1941 年,皖南事变发生,祁门党组织停止活动,党员转入地下。

2015 年,适逢抗战和世界纪念反法西斯战争胜利七十周年,重忆当年往事,别有意义。

大山的风光和风采

祁门山脉,以南部和西部最多,县人称大山。松潭,县南祁红乡一小村落,地处阊头西,躲在山旮旯。然于不凡岁月,红色故事颇多,修炼出风光和风度极好,几可美翻人类。

1993年秋，我等专去采风。发现这里四面环山，森林裹村，房屋叠摆，高低错落，水口浓荫匝地，古木参天。山头还有巨石，形如对人，故村名又名拜堂石。说是曾有夫妻在此对拜，后成石头永存，虽为传说，构成的风景和意境均好。尤其山茶极佳，在县城小有名头，卖价高人一等。然村人说这里落后，不但财穷，而且文穷。原因在于古时看地先生念错咒语："老虎跳过坑，代代出穷丁。"然我们感觉，松潭人自谦低调。就是那次采风，一面之交的村民从头陪到尾，带路敲门问话翻译，不亦乐乎忙。村童捧枣送水频繁来，热浪炙人。中午就餐人家，房东叫莲英，从未谋面，我们泡茶洗脸冲澡，自在随便，俨然在家中。开饭抢锅巴，翻锅底朝天。莲英只在一边笑，临别死活不收钱，我们生拽硬塞，最后只收五元。至于文风，我们在一人家，见中堂一副对联："奇哉松潭，四顾珍木亭亭，莽莽苍

※ 松潭

苍，如林如海，下于云表，上探重
泉，上下相连地于天，春描翠绿，
夏放荫凉，秋染金红，冬披银铠，
一年四季换新装，畠历尽沧桑，
仍然枝繁叶茂，来客同声称啧啧；
秀兮梅岭，一啜佳茗馥馥，绵绵脉
脉，似兰斯馨，远自前唐，近迄当
代，远近闻名名贯古，东销两美，

※ 采林果

南达印尼，西运英法，北售苏蒙，四海五湖连旧友，纵屡遭翻覆，
依旧味醇液香，游人异口话津津。"如此文乎杰作，叫没文化，即
天下尽是文盲。再至于树上结梨无人摘，家前长枣没人偷，日不关
门，夜不闭户，路不拾遗，更为常态。恰如村口一块孤魂总祭石碑，
说一次火灾，烧死外来乞丐，村人觉得愧疚，于是立碑祭祀，村风
可见一斑。因此，这样地方，红军游击队最喜欢，流传红色故事多多。

先说戴铁匠。1929 年，村里一戴富孙铁匠，先在江西瑶里参加
红军，后因形势恶化回村。1932 年农历大年初一，按老例，男丁到
祠堂门口唱文。这天戴铁匠领头："一朵红花遍地开，金银财宝滚
进来。一串鞭炮一串花，红花就是红政权。"从此村中不断驻红军，
既是中转站、茶水点，更是宿营地。时间一长，戴铁匠通红军消息

不胫而走。1937年正月，戴铁匠被捕，上夹棍，烙红砖，肉烂骨焦，然坚贞不屈，最后惨死刑场。

再说农民团。1934年腊月初九，村庄走来红军百余人，在村民戴秀中家成立农民团，选出团长叫戴炽昌，团副叫戴佛林，确定任务是当向导，探敌情，传情报，买物资，安排红军食宿。红军发给红戳证件，吩咐道："携带此证件，不管在哪遇红军，均可作为通行证，任何根据地均可接上头。"此后，农民团帮红军做新衣，打草鞋，挖草药。1936年9月某天，两百多红军与乡下的壮丁队团防队接火，农民团自动做后盾。此战大胜，农民团所刷写标语，至今还在老墙上。

还有抗日党支部。农民团成立后，芦溪区委书记汪挽华来村中，将1932年成立的党小组升格为党支部。支部立马上任，动用公堂祠会财产，筹建小学，聘两名地下党员做教师，既教学，更搞革命活动。学校设松涛图书室，基本是左翼图书，以及《抗战歌声》《解放日报》等进步刊物。学校还办墙报，大写标语口号："团结御侮，枪口一致对外；有钱出钱、有力出力；要廉洁政府，不要黑漆衙门；皖南是埋葬敌人的坟地等。"1944年秋，伪县长来村强征茶籽款，支部发动群众抗交，悄悄动员有头面人向伪行署揭发，最终不但迫使伪县长败北，不得不处理一名伪乡长。此后，伪县长派人来催粮，粮警持铐带票，以积欠钱粮、屡抗不交为由，加倍勒索草鞋钱。支部组织村民痛打粮警，致使伪县长再次在小山沟翻船。

相比松潭，县西历溪地处大历山下，也是深山古村。1946 年 5 月 1 日，岭上开遍映山红，一支新四军游击队来这安营扎寨，村子一下涌进五六十人，山谷空前热闹。游击队首先把住村口木桥，领队首长住进一姚姓土屋，开会即在河滩大石头，说是泉水淙淙，正好隔音保密。不久这里便诞生了中共皖赣工委，说是组织领导祁门，以及周边石台、贵池、青阳、浮梁等地的游击斗争。再不久，村里又有了被服厂、修枪所、卫生队。被服厂有好几台缝纫机，负责人叫老王，公开身份是保长，兜里总揣一大印，谁下山办事，他掏章盖印，桥头和山外关卡便放行。队员有空帮百姓挑水扫地劈柴，村人与之朝夕相处，亲如一家，这才得知那位首长叫作郁达人。

艰难岁月艰难过，苦难到头劲更高。1947 年，游击队撤出历溪，重回松潭，首长郁达人，开始换名马文杰，夫妻双双住村中。游击队在此开缝纫厂，村民自动站岗放哨，收容病员，储备粮食支前，俨然后方基地，迎接祁门解放。

1949 年 4 月 9 日，祁门县人民政府成立，县长：马文杰，地址：祁红乡塘坑头村。问源头，大山功不可没。

人现美

三个舍命的爷们儿

茶是高山香，茶乡人也美。

乙未冬日的一个下午，我陪同上海搞东街历史文化街区改造规划的几位专家到祁城，专门寻访西街一谢氏后人。西街谢氏在祁门影响久远，早在五代十国时就已显赫，后经百年繁衍，到明代达到顶峰，人丁兴旺，文化发达，既富又贵，显赫于世，成为名门望族。在县城与周、马、叶形成四大家族，闻名遐迩。这种家族式的荣耀，不啻是祁门历史社会的标本，了解十分必要。而我们此行目的，是想寻访谢家在太平天国时期一段往事。闻说这段往事不但在祁门家喻户晓，即使徽州也有影响，乃至青史还有记载。专家说这对于窥探祁门风土人情、祁人精神面貌，乃至东街的规划设计，兴许有帮助。

穿过一逼仄巷弄，迎面见一老屋侧门。我们进入，恰逢屋主老谢在家。老谢叫谢有才，是退休干部，与我早熟悉。听明来意，他十分热情，说经常有人来看，欢迎欢迎。话毕，立刻带我们看老屋。老屋坐北朝南，始建于明嘉靖间，入清又重建。老谢说原先由院落门楼前厅后厅组成，现只剩后厅。我们看后厅，空间轩昂高挺，天井明堂，宽敞明亮，地面紫石铺就，大小规整，一派官厅风范。再看门楼，三层高枋，里外均是砖雕遍布，高浮雕双狮花卉图案，虽见残破，然动感极强。尤为抢眼的，是刻于门外额枋墨书的"恩荣"二字，清晰可辨，令人肃然起敬。老谢带我们上楼，阁厅正中设一

※ 西街谢氏后裔谢有才

※ 西街谢屋阁厅神龛

神龛，龛内分层式结构摆着不少排位，上方高悬一匾"崇祀忠义"，色泽虽侵蚀，金碧仍辉煌，雕刻极精美。

我们就是奔此匾而来。关于匾额来历，事先早做过功课：咸丰四年（1854年）正月二十三日，祁城谢家第三十二代孙谢莹得消息：太平军从安庆方向一路攻来，即将入城。谢家为名门望族，谢莹感觉理应担当，于是邀上儿子载坊、侄子文辉，三人穿戴齐整，直奔西门而去，目的是与太平军商谈，希望保祁人安宁。殊不料，几小时后，家中待产的谢妻得到噩耗：谢莹子侄三人尽被太平军砍杀。为保谢家骨肉，谢妻当即起床逃难，逃到五十里外的大洪岭娘家，产下一子，取名谢子安。后来兵息，地方奏报此事，咸丰帝感其忠义，颁旨建昭忠祠，并赐匾额一块，以作褒奖。谢家从此名望更大，到老谢这一代，已是三十五代。

※ 咸丰帝赠西街圣匾

我们问老谢，匾额何以能如此完好保存至今？老谢说："'文化大革命'后，我整理家物，在柴棚中无意间发现此匾，一看是圣旨，感觉非同一般，于是查县志，方知祖上故事。匾额真实记录了太平军在祁活动的历史，

※ 西街谢屋门罩　　　　　※ 西街谢屋里墙门罩

同时也是研究太平军运动史的实物例证，是不可复制的珍宝，多少钱买不到，于是先供奉起来，日后再搜些民俗物件，准备办个民俗博物馆什么的。"说罢，他又打开房门，取出不少老物件，果然都是新奇东西，从未见过。我们祝愿他心想事成，更希望谢家大屋能成为历史见证，发挥更大作用。

谢家的故事，使我们看见百余年前望族内心的一个层面。他们财雄人繁，经济地位崇高，儒家文化积淀厚实，每个人都抱有积极入世的生活态度，自觉不自觉践行修身齐家平天下的责任。一旦社会临危，马上挺身而出，将个人生死置之度外，捐躯舍命，在所不惜，是为祁门精英楷模。老谢自己，恪守祖训，传承文化，抑恶扬善，热心公益，即是当代祁人榜样。

沿着谢家往事寻找，祁门类似为民舍命事例，还大有人在。譬如咸丰十年（1860年）三月二十三日，湘军韦志俊带兵夜宿历口，兵士胡作非为，掳人劫物，无恶不作，历口镇街一片哀号，惨不忍睹。其中一兵丁甚至抢到资福寺，未料激怒僧人，被群殴而死。韦志俊闻讯大怒，决心报复，放言一定要铲平历口。顿时，历口乡民惊恐万状，颤抖不已。资福寺中一僧人，法号衍峰，见状不忍，义愤澎湃，毅然挺身而出，凛然坦言："所有责任，老僧担当，与乡民无关。"湘军立马将其绑缚。次日，衍峰被带到石台县城，湘军刀枪齐加，致其肢体四裂，血肉成泥，当场毙命。

衍峰作为僧人，念经拜佛，与世无争，已经出世。然疾恶如仇，爱心满怀，一旦乡民遭难，不畏艰险，立马担当，且大义凛然，无怨无悔，也是壮举，折射祁人无私无畏、敢于牺牲的精神风貌。

民间有说法，祁门为山里，山里人脾气古怪，顺摸一身毛，倒摸一身刺。尤其男人，彪悍刚烈，俗话说叫犟牛。此说话糙理不糙，看似贬义，实为褒义，即肯定祁人性格耿直，公心至上，做人办事，坚守底线，原则问题，绝不退让。套用今天语言，充满正能量。譬如祁南奇岭郑子木故事，可为证明。

话说清乾嘉间，景德镇包瓷的稻草业，叫茭草行。老板为更多赚钱，拼命压榨包装工，不仅任意加班加点，且取消白米饭和月初月半五人斤肉规矩。为此，以郑子木为首的茭草工举行大罢工，景德镇其他行业也纷纷响应。老板告到官府，官府抓捕了郑子木等为首的十多名工人，逼令复工。郑子木等提出复工条件，反之坚决不答应。官府决定用硬办法制服工人，他们在大堂烧两盆大火，火上焖铁帽和铁靴，威逼郑子木，说出前两条路，要么复工，要么戴铁帽、穿铁靴。郑子木坚贞不屈，大义凛然，毅然选择后者，结果被活活烫死。事后，景德镇茭草工为纪念这位为大众利益而牺牲的不屈勇士，每人都在腰间系上一条白围裙，世代沿袭，传至今天。

　　男儿立世，贵在担当。谢莹担当是践履社会责任，公而忘私；衍峰担当是拯救民众，慷慨赴死；郑子木担当是舍生取义，刚正不阿。几个爷们儿都死了，然死得其所，重如泰山，该出手时就出手，毫不含糊，尽显茶乡男儿的大爱情怀。而类似男儿，祁门还有多多。

又一种《红灯记》

　　丙申清明将到，祁城东街里周家老屋八十八岁汪赛英老人，早早便买来纸钱、锡箔、鞭炮等祭品，以备儿女届时扫墓。按多年规矩，需扫之墓共三座：丈夫、父亲、母亲。尽管其中父亲她从未见过，母亲也非亲生，自己生母生父墓葬确无寻处，然老人视后亲为血缘，数十年如一日，安然若素，无怨无悔。

　　赛英老家在祁西石谷里，三岁前生母便去世，可说打小不知母爱味。她从小跟祖母长大，祖母是光绪间人，很早殁丈夫，靠给人做鞋度日，抚养独子长大。独子就是赛英父，赛英童年时，每每见祖母给父亲一文钱买豆腐，父亲常不舍用，到邻家讨些菜皮之类，回家对付日子。父亲十二岁便去江西饶州波阳县（现鄱阳县）当学徒，每年二月回家一次，平常以书信问安：今交某某带来日用杂货云云。

※ 祁门老茶人汪赛英访石谷里

逢此时，村人即说，彤云家鱼包肉包来了。赛英这才知道，父亲叫汪彤云，在饶州做油榨生意。饶州老板是黟县佬，见父亲贴心贴骨，没几年便升他为主管，按现在说法叫经理，父亲从此成为店里二老板。再后来，父亲自己也开油榨，叫和顺油坊，是祁人集资入股，总共八股，渚口石门桥等地均有。另开一家南货店，叫同兴福。父亲待人特好，譬如每年腊月搭年货回家，砂糖、咸鸭蛋、桶鱼、毛花鱼等，村里老人都有一份。饶州腊月，穷人打油没钱，父亲就说："先拿去用，等有钱再还。"在饶州府，汪彤云非常有名，大家待他极好。

※ 周礼恭入伍证书

死后归葬，按规矩，出丧一定要女儿送葬。祁门家里赛英等三个女儿都没法去，饶州人就叫自己女儿送葬，队伍排成数十丈。父亲乐善好施，从小根扎赛英心底。

赛英再为人女是在婚后。其九岁父亲去世，十二岁祖母去世，随后便随大姐生活。大姐夫是茶商，几年后将赛英介绍给自己茶号总管郑家长子。郑家长子是税员，前妻已殁，于是带新妻面见原岳母，赛英从此又有母亲，祁门俗称结面娘。新婚没几年，公婆双过世，赛英于是随夫进城，担起侍奉结面娘亲重任。

结面娘叫胡杏香，属祁城周家儿媳，人称九四嫂。九四嫂丈夫和儿媳早殁，唯留一孙周礼恭，礼恭不久入伍，抗美援朝牺牲在战场。组织上考虑九四嫂风烛残年，经不住打击，于是面上瞒老人，暗里通知赛英，门口那块光荣军属牌，也就没换为列属，老牌依旧挂。这一挂就是十多年，直到"文化大革命"来临，此时九四嬷早成戏迷，白天以松糕生意度日，晚上天天泡剧院。有一天，她看罢《红灯记》回来，不说话，抱起水烟筒，噗噜噗噜猛抽不停，半晌，长叹一声："赛英啊，《红灯记》是三家并一家，我看我们是两家并一家，也是《红灯记》。"赛英这才明白，自己多年苦心编织的谎言，全是无用功。老人对痛失孙儿，早已心知肚明，只是不点破，莫大痛苦，隐忍心中。赛英将同情升为敬仰，感觉责任更重，侍奉更勤勉，每每忙完自家的采茶拣茶等事务后，便帮母亲挑水、筛粉、做松糕等，长年累月，从无怨言。直到 1968 年，九四嬷安详闭眼，驾鹤西去。此时赛英，如愿传承生父德行，圆满完成继女

※ 周余庆堂大门

使命，考虑自己也两鬓斑白，于是叮嘱儿女设法寻着周家外公墓葬，连同外婆墓，年年都要祭扫，且买纸钱、折锡箔等事，均亲力亲为，一直持续到今。

赛芙一生，是社会一面镜子，看见的是祁门女性无私忘我的美德。而其所结面的周姓家族女性命运，更是社会的缩影。从九四嫚辈分说，其丈夫兄弟四个，到民国时男性均折，留下尽女性当家。长媳王玉巧，家人称嫚娘，一生无后，与二媳陈氏同锅生活。二媳不幸中年而殁，其长女如荪接带嫚娘度日。三媳叫汪赛珍，人称九五嫚，同四媳一样，也靠做松糕度日。在那个年代，几位女性领导的家族，同居一室，严以待己，宽以待人，和睦相处，其乐融融。她们基本没有经济来源，然以瘦弱肩膀，含辛茹苦，抚老养小，勇敢撑起整个家族，一直走到二十世纪中叶后期，显示的是善良宽容心怀、坚忍顽强的品格。

时下热演一部大戏《徽州女人》，内容是讴歌老徽州女性孝敬父母、侍奉公婆、相夫教子、勤俭持家美德，颜值冲霄。老徽州这样的女性很多，祁门更是遍地皆是。

乡音不作通行证

在祁城街头，时常有这样情形：一个乡人用方言问路，尽管对方也属本土，然回话是普通话。乡人抑或再入店家购物，以方言道出需求，售货员居然通知：请用普通话再说一遍。同属一地，乡音竟没戏，说起来似乎怪象，而这种情景在祁门司空见惯。

不可能是一县之人都在拿捏作秀，其实是人口结构多元，外来人口大量涌入，本土人虚怀若谷，五湖四海一家亲。

箬坑乡冯家顶近年旅游大旺，住在山顶的老冯一口流利的安庆黄梅腔派上用场，开农家乐，做向导，当解说，大获驴友点赞。说其为服务好游客，居然将普通话练得流利顺畅，基本扫除客人与乡野的语言障碍，大山里不乏有了都市范。老冯脸红了，腼腆一笑："不是的。我祖上几代都住在这里，我们一村人都说这种话。我们村早年是从安庆迁来的，学者说我们这种人称棚民，当地人叫江北佬。"

老冯说的是大实话，祁人称外籍人口，通常在地名后加一佬字，不是蔑称，是习惯，如上海佬、屯溪佬等。江北佬棚民由来，源头

在于自清康熙帝颁布奖励垦荒、轻徭薄赋圣旨后，毗邻地区流民，
大量来祁种山。尤其乾隆以后，安庆、怀宁、潜山、太湖、宿松、
桐城等地，携家挈口，大规模进入祁境。他们于深山中或开山种地，
或采木烧炭。这种结棚恤息、搭棚居家者，就叫棚民。棚民太多，
无疑破坏良好生态环境，干扰本土居民平静富有生活秩序，于是徽
州官府和各地均发起驱赶棚民运动。如嘉庆间祁门北乡六都程族父
老集议，力陈三害，执笔撰写了《驱棚除害记》：

> 伐茂林，挖根株，山成濯濯，萌蘖不生，樵采无地，为害一也。
> 山赖树木为荫，荫去则雨露无滋。泥土枯槁，蒙泉易竭，虽时
> 非亢旱，而源涸流微，不足以资灌溉，以至频年岁比不登，民
> 苦饥馑，为害二也。山遭锄挖，泥石松浮，遇雨倾泻，淤塞河道。
> 滩积水浅，大碍船排，以致水运艰辛，米价腾贵，为害三也。

野火烧不尽，春风吹又生。据史料载，经猛烈驱赶后，至
嘉庆十五年（1810 年），祁门尚有山棚五百七十九座，棚民
三千四百八十五人，占整个徽州四成比例。由此四乡八野留下许多
诸如钱家棚、李家坞这样的地名。久而久之，棚民融入本地，对内
他们坚守自我，习俗不改，对外走动联姻，乡音互通，于是祁门街
头出现许多不会说祁门话的祁门人。

2016 年谷雨，对于历口茶农吕宏日来说，显得特别焦虑：三个

※ 采茶女

女人一台戏，今年茶客四十三个，这些大姐随意惯了，本就难管。偏在昨天，又遇一个自称牯牛降某茶园的男子，偷偷跑来挖墙脚："到我那去怎样？按天算钱，包吃包住，比这舒服，好不好。同意的话，中午就派车接你们。"老吕深感压力，心中思忖，唯有加强服务和管理，度过这二十多天采茶期就好了。

祁门茶区，清明谷雨到，最是忙时节。民谣描绘是吃饭不知味，走路不沾地，时节刚逢挑菜好，女儿多见采茶忙。采茶队伍很庞大，家家户户都女兵。茶女在茶山上，开园收棵，新芽老皮，千山万水印满她们的脚印。然茶多人少，采工不够，于是雇请外来工。雇工被称为茶婆、茶客。布谷鸣叫，万物复苏，茶婆茶客像候鸟一样飞来，三五一群，七八成队，飞进茶家农户。陌生面孔，陌生语言，陌生笑声，打破茶乡宁静，平添新鲜色彩，营造出靓丽风景。今年老吕的茶客，来自江北，平均年纪五十五岁以上，其中最人的六十七。她们于清明后分批来此。按老规矩，车费、住宿、日常吃喝由雇主负担，工资按斤计价，一季茶采下，收入大约三千元。尤其当今年轻人怕苦不愿来，她们赋闲在家，为赚些零花钱，于是中老年也为茶客。而历史上的茶客，通常以姑娘为主。如二十世纪五六十年代，茶客多来自和县、无为、宿松、桐城等地。生人难合，熟人难分。茶季磨合，到结束时，这些茶客往往与东家结下深厚感情。更有甚者，不少妹纸爱上当地小伙，坠入情网，永远留在了茶乡，写出采茶情话，

※ 老式揉茶机

※ 民国《徽州日报》

※ 茶师陶子

茶家人口和语言从此改变。

假忙三十夜，真忙做茶叶。茶季男人即是做茶一族，茶工不够，雇请外工，也为常态。计划经济时期的祁门茶厂，号称是江北佬最多的地方，安庆话几成厂区通用语言。追溯由来，1940 年 11 月 28 日《徽州日报》载有详因：祁门茶师多来自外地，有江西、安徽两帮，江西是河口与宁州，安徽是婺源和安庆。这份文献，虽说只能起到管窥一斑作用，而类似现象一直延续至解放初期。今天祁红茶工中，不少中青年不会操祁门方言者，即多为他们后代，此为另种佐证。这种季节性男工，以及还有女性拣工的渗入，客观上造成了祁门人口结构混杂。

穿越时空看，祁门还有一种政策性移民，不可不说。《祁门县志》载：1958年4月，和县移入七千零四十二人。同年怀宁、桐城、望江、涡阳等地，调入民工一万三千余人，组成十六个林业大队，进山砍伐，史称万人进山大砍伐。缘此，祁门成立森工局，为今天林业局前身，下辖森工队，后演变为木材公司。至于还有少量新安江水库移民，也属此类。缘此，祁门人口结构大变，尤其是移民因生存所迫，喷发旺盛生产力，助推地方经济发展。同时以所带习俗，影响地方文化。眼前乡音识不得，笑问客从何处来，也就顺理成章。

文事风景也锦绣

茶乡风姿绰约，爱文艺也是一种，且属深入骨髓的传统。

1945年10月，祁城南郊吴桥头河滩空前热闹，百姓扶老携幼、士绅长袍马褂、政要马弁随从、商贩摊点货担，四乡男女老少，万民蜂拥麇集，欣喜若狂而来，只为看一场戏：庆祝抗战胜利打目连。

此戏一演三天，共计一百零二折。戏班以清溪为主，配搭樵溪栗木演员，阵营异常强大。直至第三天下半夜，当戏中主角目连吃

尽千辛万苦后，以锡杖捅开地狱门，终于救出母亲时，顿时台上白烟乳雾腾空，四周鞭炮锣鼓齐鸣，扮鬼演员跳下戏台，台下观众蜂拥追赶，霎时人声鼓声震天，犹如战场，灯光火光连片，亮如白昼，演出便在此高潮中结束。事后，人称这是祁门史上最为壮观的打目连。

类似这样场面，1949 年 10 月，再次降临。县人为庆祝祁门解放，又一次以文艺形式释放欣喜激情。演出剧目是著名茶人胡浩川十二年前写的《天下红茶数祁门》。戏分六场：序曲、种茶、采茶、初制、精制、尾声。形式是载歌载舞，有的场次演员还与观众合唱，台上台下一出戏。与之同演的还有独幕剧《采茶》，以及三幕剧《工厂就是我们的家》，独树一帜的形式和内容，在中外茶史上，想必也是绝无仅有。

※ 祁门采茶戏

文脉要根基，文风靠土壤。若追溯，名人辈出：唐代张志和，一首《渔歌子》，风靡千年，至今仍红。宋代方岳，一部《秋崖集》，震动文坛，今天仍火。明代郑之珍，开演目连戏，人称中国戏剧活化石，今天谱风继续。清代藏书家马曰琯、马曰璐兄弟，为《四库全书》立汗马功劳，有口皆碑。以致清康熙徽州同知姚杏山大发感慨："祁地山川奇巧，多产异人，文章功业不下他邑。"至于当今书法大家方绍武等，更不待说。如此祁地虽偏，而文风不偏，堪称文事奇象。

祁人身怀文基因，血带艺细胞，甚至老人也不例外。譬如我外婆，居剧院不远，其时有越剧团，她是铁杆粉丝。天天一手撑我肩为杖，另一手或火篮或蒲扇，慢挪三寸金莲赶戏，什么《碧玉簪》《打金枝》等，滚瓜烂熟，百看不厌。至于城乡，逢元宵舞龙灯，遇端午划龙船，中秋闹月，春节唱戏，基本为惯例，由此带动乡村文艺也盛行，城乡同乐：采茶戏、黄梅戏、傩舞，唱得滴溜转；《游太阳》《十番锣鼓》，各有所长；秧歌、腰鼓、花辊，为传统好戏；龙灯、花船、猜灯谜，逢节必出。县城作酵母示范，乡村热心响应，全县文化一片热火。新编《祁门县志》载：民国二十九年（1940年），业余文艺表演团体达三十多个。1955年，首次全县业余文艺会演，二百五十多人参演，节目四十多个，其中历口《扑蝶舞》、城关《采茶舞》脱颖而出，分赴地区和省演出并获奖。1960年，又有采茶戏《三击掌》等，送芜湖专区业余文艺大赛。1974年，祁城办浩大歌咏会，一千八百人唱，万余人看，可谓史上奇观。二十世纪八十年代，全县农村剧团八十多个，瓷厂、茶厂、朝阳厂均有文艺宣传队。其时，县城连办几届《茶乡之春》音乐会，档次品味不一般，今人回味犹咂嘴。1986年，溶口乡朝阳厂被评为省文化先进单位。1995年，搬演《长征组歌》，再现高潮。至于后来新潮的卡拉OK歌厅舞会之类，县人视为小菜一碟，三岁孩童基本会。氛围熏陶，潜移默化，营造出先进文化县等桂冠顶戴不少。以致一外来主政领导，初来乍到，发现祁人隔三岔五便有文化活动，规模动辄百人千人，大惑不解，问道："你们经济不怎么样，文化为何这么热？"

领导观察仔细，眼光独到，剖析尤其深刻，一针见血。无独有偶，祁人不但好歌爱舞，其他诸如文学、戏剧、摄影、美术等，也是活动频繁，人才辈出。譬如我等二十世纪末小圈子文友，不少人在体制内，喜欢的事干不了，不想干的事必须干。为释放所好激情，经常邀班结群，到大自然采风，套现在语言，叫驴友。我们到乡村，爱画的玩速写，爱拍的架相机，喜文的找素材。各取所需，各得其乐，将兴趣爱好淋漓挥洒，惬意得死去活来。激情满满，收获多多，久而久之，孕育出一批各有所长小文人，搞美术书法的为国、春福，玩摄影的建平、祖福、益新，爱作画的王焘、胡慧、戴逸非，擅画瓷的汪洋、汪洲、胡笛、戴李平，弄古玩碑刻的维新、望南、陈琪，搞编剧的学开、公炳，问文学的汪炜、国华、倪群，以及拉手风琴的贵平和玩绝技撕字的劲华等，数不胜数。这些人或独当一面，各把一关，或一人多艺，身兼数技，都有建树，各结硕果，满血崛起。其中不少为省级国家级协会会员。有的参加全国美展，有的出版专著，有的被拍卖行聘为顾问，有的瓷品展到台湾，有的影展办到法国，有的被组织发现，用其之长，跻身文坛领导位，令人艳羡。更有甚者，一为超港公司的胡总，以十多年经营食品的感情和思考，建起徽州糕点博物馆，眼下又在谋划徽菜博物馆，创意出奇，设计制胜，脑洞资源，品位极高，令人惊艳，验证祁人骨血里的文化基因，就是不一样。由此邻县文友曾惊呼："祁门很怪，尽出文人，各领域都有，且个个响当当，拿得出手。市里文联、社联、博物馆、图书馆等重要涉文部门，均被他们把持。"其为表示观察独到，居然连发感叹："怪！怪！怪！"

　　文化作用往大里说，在于丰富生活，陶冶情操，培养情趣，影响社会。祁人兴许说不出如此高深道理，然说其钟情文事，表现达观心态，热爱生活，尽力担当，比较恰如其分。祁城风水宝地，孕育文事怪象，也是风景。若探究根源，不妨亲临实地，看看街景，访访路人，兴许能找到答案。

城出彩

历史在这里拐弯

茶乡中枢在祁城，祁城故事也精彩。尤其清末一段，满血惊心。

话说清咸丰爱新觉罗·奕詝是个倒霉的皇帝，尽管他勤于政事，还想大手笔改革朝政。但此时大清国内忧外患不断，尤其爆发太平天国运动，数年间席卷半壁江山，咸丰三年居然定都金陵（今南京），大有另立天下味道。而朝廷八旗和绿营兵，只会干瞪眼犯傻，毫无办法。眼看杭州已破，苏州危在旦夕，金銮殿的咸丰帝坐立不安，六神无主，忽一日，突然想起还有一办团练的曾国藩尚未启用，眼睛一亮，大喜过望，当即决定，打破惯例，一次性赐他两顶官帽，遣他出征。

　　曾国藩那日正在湖南老家门口踱步，忽听一声"朝廷圣旨到"，慌不迭整冠拂袖跪下接旨。御官念完奉天承运皇帝诏曰等套话，有意在兵部尚书和两江总督官衔处放缓语速和加重语气，以显咸丰帝的焦急和期待。曾大人当然不傻，兵部尚书相当于今天的国防部长，外管国防，内保平安，几乎扛着整个社稷江山，两江总督直辖江苏、安徽和江西三地，属天下富庶极地，堪称大清王朝国库。咸丰临危授命自己，权力之大，意味责任之大。接旨后，曾大人当即铺开地图，锁紧眉头，盯住太平军正活跃的江南，寻下脚之地。他思忖，当下最重要者，不是直杀浙江，而应步步为营，逐一收复长江各大城市，直逼金陵。而金陵门户是上游安庆，目前尚在敌手，选一离安庆不远不近地方，伺机出击，至关重要。经反复斟酌，大人最后将目光锁定在地处深山的祁门。此为

※ 东街巷弄

※ 洪家大屋

※ 洪家大屋门前

深山小县，但交通便利：往北取道池州，可直杀安庆，路途也就几百里；往西可保江西门户，粮草来路无虞，稍远还保湖南、湖北；往东可调徽州各县兵力，随时进军浙江，还有援助清军架势。如此一石多鸟，说多英明有多英明。主意拿定，曾大人一捋胡须，猛喝一声："传令下去，明日向祁门开拨！"事后证明，曾大人这棋下对了，中国近代史从此拐弯。

咸丰十年六月十一日下午，曾国藩率湘军万余人浩荡进入祁门，部队依次扎营，其本人及要员幕僚入住东街里洪家大屋。

世间不少事，顺看奇巧，倒看蹊跷。入住洪家大屋，当时看不出什么，然百年后回望，似乎有点怪怪。首先肯定，祁门官员将钦差大臣曾国藩及其要员安排居此，可谓匠心独运，用心良苦。第一，洪家大屋为祁城最好区位，离闹市不远，又独立成片，闹中取静，且距县衙学宫东山书院等县级政治中心仅数百米，联络极方便。第二，此为庞大建筑群，院墙高耸，连绵成片。粉墙黛瓦，风格相同；内门衔接，互为通达；四水归堂，结构相似；五岳朝天，气势一样。且基本为多进两层三开间砖木结构，整个组团共分七组，东西方向一字排开，屋宇既相连，单独也成体，说集中就集中，说分散也分散，管理和行动均方便，用于军营，再好不过。第三，建筑组团主次分明。正厅为洪氏家祠承恩堂，一体三幢，坐北朝南。中间有五进：前廊、

※ 老屋内厅

前天井、享堂、后天井、寝堂，规整端庄，高大轩敞。西边叫承泽堂，
南伸数米，形成过街楼，内厨尤大，可容数百人就餐。东边叫荆奕
堂，两进三开间。正厅前另有石板广场，再前还有书屋、谷厂等附
属设施，功能齐全。承恩堂再西另辟侧厅，叫思补斋，也叫"一亩
新筑"，占地二百四十平方米，为大院最深处，门巷曲折，幽僻安静。
如此建筑格局，要等级有等级，谈规制有规制。不用说，曾大人驻
此，处理公务首选正厅承恩堂，日常歇宿首选思补斋。套句时髦话，
即八小时内外，界限分明。这对于一向追崇儒家礼仪的国学大师曾
国藩来说，属打灯笼难找的地方。然今天回想，似乎有点费解：洪
家大屋自曾国藩作为最高军事指挥机关后，太平军视此为眼中钉肉
中刺，恨得咬牙切齿，数度来攻，大战不绝。其中祁城被破多次，

正街和赤山汪家祠堂甚至被烧。跑了和尚跑不了庙，洪家大屋当属在劫难逃。太平军每次杀声震天进城，最后均悄无声息退去，对于洪家大屋，不但没火烧，甚至连毫毛也不碰，官兵退尽，一切如旧，这就叫人看不懂了。民间释其因，说是该屋姓洪，恰与太平天国天王洪秀全同宗，不犯洪姓，是太平军军规。答案真这样？是否另有玄机？真是一谜。

闲话少说，言归正传。曾大人出兵，首选祁门，看似随机，其实还有小九九。战争是烧钱的机器，徽州为富庶之地，钞票多多，弄个名目，征点军费，小菜一碟。至于后来曾大人开征厘金，即为明证。再者其奉旨"征剿"，既不熟悉太平军战法，且所带湘军并无多少作战经验，急需寻一僻静之地，先交战练兵，以作磨刀。祁门居于安徽最南，徽州最西，处万山丛中，地势复杂。尤其县城不大，城墙稳固，易守难攻，无疑为理想之地。于是曾大人一到祁门，立马带随员幕僚到城内和四周一走，目的是察看地形。不看不知道，一看吓一跳。祁城原是锅形，虽有城墙，然环城诸山皆比其高。外出有两条路：一为徽池古道，东边入，经西和北山脉，北接大洪岭出；一为阊江水路，源北流南，经东和南稍低地势，直通江西。县城为盆地，东及南基本临水，西和北接山，形如团状，城门共八道。其中东和南沿河设五门，从下往上依次叫文昌门、上元门、祈春门、

※昔日城西茶园

迎晖门、润泽门；西和北靠山设三门，分别叫宝成门、阜安门、钟秀门。城内巴掌大，房屋挤一块，叫田字布街，之字导水，井画七星，桥布八卦，城环百武，门通七乡。如此山城怎么设防？曾大人召开会议研究。七嘴八舌，一番争论，最终形成三种意见：一是撤离。理由：自古水路无战事。此城西和北靠山，山势陡峭，一旦徽池古道被堵，外出唯靠水。湘军不懂水战，水路即死路，与其等死，不如寻生，三十六计，走为上计。一是守城。理由：凭据城墙，拼命死守。尤其八道城门中有五门建崇楼和月城，设施完备，可作防御。一为守山。理由：东和南临水，视野开阔，攻打难，防备易，不用担心。重点防御西和北，严防死守，最为重要。

曾大人说话了："尔等休谈撤离一事！老夫进驻祁城，是奏请圣上恩准而来，朝令夕改，岂当儿戏？换句话说，即使祁城是绝地，老夫也要守它一年半载。少荃，你看呢？"李鸿章号少荃，其时职务为幕僚，相当于军师，干出谋划策之类的活。见曾大人问自己，急忙回话："恩师，门生思考再三，守是必须的！至于如何守？依门生之见，与其说守城，我看不如守山。因贼匪若来，当从安庆方向，即北取大洪山脉为第一，西取大赤岭山脉为第二，故我等当以北和西为防御要点，守住山，城也就守住。"

曾大人一听，正中下怀，大喜，当即下令："守城不如守山，此话极对。尔等听着，就按少荃说的办。"然而，这边号令发出，那边大人再想下文，问题又来了：就祁城现状而言，无论西面饶家屋，还是北面石山坞，山顶均无工事。没有凭靠，这山如何守呢？大人陷入沉思。

有道是，眉头一皱，计上心来。曾大人不愧是曾大人，区区困难，何足挂齿，如此小菜一碟，须臾他便搞定：既然城墙为废，留它作甚？何不拆墙建碉？就么办，大人运足丹田之气，高呼一声："通知地方士绅来行辕开会！"

拆毁半围城墙，运墙砖墙石到山顶建碉堡，以此防御太平军？地方乡绅听罢曾大人如此这般的主意，先是冷场半天，继而有人说

※ 阊江双桥

※ 外河街新景

※ 阊江河畔广场

※ 三里街出口

※ 阊江河畔迎晖门旧址

话："大人用心良苦，吾等敬佩有加，感激不尽。只是城墙向为一城风水，拆墙建碉，只怕要遭报应呐！"一人开口，众人附和。曾大人没想到，自己的锦囊妙计居然遭阻。只见他眉头一皱，计策又来。不久，县城流传民谣："拆开西北城，年年发科名。东南留一节，富贵永不歇。"原来这便是曾大人计谋：祁门谑称猴，民间有祁门猴子翻跟斗之说。问缘由，说是根源在于县治酷似猴形，但现被城墙锁住，故只能原地翻跟斗。曾国藩为读书之人，每到一地必问民俗，他抓住祁人向来崇文重教心理，亲自设计民谣，大造舆论：毁城墙，兴功名。并安排下人四处传播，以投石问路。果不其然，民谣一出，反对声音变小。曾大人忽悠成功，继而趁热打铁，奏请朝廷增加祁门科举学额。套用现代语言，即定向招生，目的是给祁人一点实在甜头。朝廷心领神会，很快恩准。于是拆墙阻力不攻自破，建材难题迎刃而解，整个拆墙过程顺风顺水。其中奉命拆墙的地方士绅黄云海甚至感恩戴德，请求曾大人手抄民谣为墨宝："恳赐记言，以垂永远！"曾大人会心一笑，略作思考，大笔一挥，将原先民谣改为：

撤尽西城门，永远发科名。

东南留一角，科名永不绝。

故事到此，似乎有点滑稽。然滑稽归滑稽，总之，曾大人将李鸿章守城不如守山的思路，落到实处，且正大光明动手。他先颁布修碉告示四条，成立修碉局，而后实施行动：拆西和北城墙，建碉堡三座。其中城北两座：敦仁、敦艮，城西一座：敦厚，另在城西桃峰山建防御工事，其打造铁桶大本营计划，如愿以偿落地。

客观公正地说，祁城本不出名。然自湘军入驻，从此树大招风，引太平军屡屡来攻，七进七出，以致曾大人命悬一线，两次险遭亡命。据邑人倪群先生考证：一是咸丰十年十一月十二日至十七日，太平军将祁城团团围住，且兵力是湘军十倍之多。曾大人危在旦夕，写好遗嘱，悬剑帐中，准备赴死。然太平军因不明内情，怕遭埋伏，不攻而退。二是咸丰十一年（1861 年）正月二月间，八支太平军环伺祁门，祁城湘军势单力薄，形如累卵，百姓纷纷逃离。曾大人也穿上朝服，端正顶戴，取剑置案，再留遗言："贼之环攻者不已，誓以身殉国。"自书遗嘱两千言寄其家。后因左宗棠兵到，大人获救。

咸丰十一年四月，曾大人感觉时机成熟，拔兵离祁，移驻东流，开始直逼安庆的行动，半年后破城。再经多年鏖战，到同治七年（1868年），全线获胜。

太平军从起事到败北，其间整整十八年。十八年光阴，说长不长，说短不短，然其中关键节点，就是曾大人选定祁城做军事大本营，拉开"围剿"战幕，致轰轰烈烈太平天国运动直转而下，乃至最终消亡，中国历史从此拐弯，祁门因故名气大旺。

半部清史的遗迹

太平军败了，曾国藩走了，日子平静如水。

走过光绪、宣统、民国，一切安然若素，毫无波澜。可是刚进新中国，洪家大屋爆料：曾国藩住处发现太平军题字。五十年后，二次爆料：曾国藩办公内墙同样发现题字。如此新闻，惊艳无比，兀地吸引世人眼球。记者来了，学者来了，专家来了，且兴趣和信心均满满。他们呕心沥血考证，刊发论文多多，然时至今日，有关题壁者何人？题壁于何时？为何而题？诸如此类问题，张三李四各执一词，权威定论暂无，算是雾里看花，朦胧虚幻，谜云一团。

两处题壁，一在西花厅外壁，一在承恩堂内墙。其中西花厅外壁题字发现较早，大约在二十世纪五十年代初，内容为十个字：

粤东太平天国前营叶高

此题壁墨笔手书，面积约一平方米，倾斜四十五度写在敦仁里过道墙上，其中粤东二字横排，余字竖写。题者身份不用说：太平军。至于题写时间和背景，专家学者持两种观点：一说是清咸丰四年（1854年）正月，太平军首次攻入祁城，盘桓十三天，一名叶高者随兴而题；一说是同治元年（1862年）十一月初七日，太平军古隆贤部攻入祁城，占城三日，一名叶高者高兴所题。孰是孰非？

我也曾慕名前往察看。狭窄的敦仁里过道，人来人往，就在将入洪家大屋西花厅院门外侧，我见一高过人头的护框，陪者告知，这就是太平军题壁。我再打探，得知题壁原藏于照墙隐处，后为拓宽闾巷拆墙，才被发现。我看那题壁护框，已是沧桑斑驳，外罩铁皮门，人说平时是一把铁锁，来人再打开。其旁砌一长方石匾，上书：文保单位·太平军题字，以诠释身份。陪者找人打开，我看字体不乏遒劲，字迹清晰可辨，思古之幽情油然而生，心中禁不住也揣测一回。我认为咸丰四年一说，可能性很小。因那时洪家大屋乃

※ 通往洪家大屋古道

普通民居，再平凡不过，太平军到此题字留念，毫无意义。而同治元年一说，可能性极大，因此时洪家大屋已是曾国藩军事大本营旧址，如今被太平军占领，为雪昔日仇恨，抒今日豪情，酒足饭饱之余，叶高等几个兵啰啰，刷刷刷，龙飞凤舞来几笔，完全在情理之中。当然，我是冒充大头鬼，权威定论当由专家确定。

承恩堂内壁题字发现较迟。2004年，东街居委会粉饰墙壁，在铲刮左墙旧皮时，发现隐约有字，经细心轻铲，果然露出一片文字。请来行家辨认，文字为行楷，基本右起直书，内容较多，大体可分三部分：

嵇绍似康为有子，郗超叛鉴是无孙。如今更恨贾梁道，不杀公闾杀子元。

晋荆战于邲，晋师败绩。荀林父归请死，昭公将许之。士贞伯：不可，林父事君，进思尽忠，退思补过，社稷之卫也。今杀之，是重荆之胜也。

秋霜滴滴对床寝，山路迢迢联骑行。

专家考证，认为第一部分内容，是引自宋人苏轼的一首《七绝·戏作贾梁道》诗，但此处略去原诗后面的"并引"："王凌谓贾充曰：'汝非贾梁道之子耶？乃欲以国与人！'由是观之，梁道之忠于魏也久矣。司马景王既执凌，归过梁道庙，凌大呼曰：'我亦大魏之忠臣也！'及司马病，见凌与梁道守而杀之。二人者可谓忠义之至，精贯于神明矣。然梁道之灵，独不能已其子充之奸，致使首发成济之事，此又理之不可晓者也。故予戏作小诗云。"第二部分选摘自汉代刘向《说苑·尊贤》一文末段。第三部分为唐人韦应物《七绝·赠令狐士曹》前两句，原诗还有后两句："到家俱及东篱菊，何事先归半日程？"

综合分析，三者内容均为抒发对时局的看法和感受，多是对忠君之士的推崇，属传统儒学范畴。至于题字时间和题者身份，据邑人倪群先生考证，说法有三：一是同治元年十一月初七日，太平军古隆贤部入祁，借古讽今，以发泄胸中苦闷和不平；二是曾国藩驻祁时，其身边幕僚所留；三

※ 东街整修

※ 洪家大屋开始检修

是近代人所留，与太平军抑或曾国藩半毛钱关系也没有。细究上述三者，说是一和三可能性极小，理由：古隆贤乃铁匠一个，想必手下文人也不会多，且驻祁仅三天，军情似火，哪有闲工夫到此题壁？再说洪家大屋毕竟不是平常之所，即使沦落，也不至于任人信笔涂鸦。如此推理为近代人所题，也站不住脚。之所以，唯有判为曾大人幕僚所题，似乎合情合理。以致有人说，字迹极像李鸿章，但也有人认为似胡林翼所题。至于具体结论，有待时间再验。时至今日，此题壁也被钉框加锁，予以保护，谜云仍藏壁中。

人走了，江湖还有传说，就是传奇。曾为敌对双方的墨迹，同时出现在洪家大屋墙壁，实为罕见，堪称宝贵，当然更传奇。当务之急，是妥善保存。好在太平军题字壁早在1956年，就被公布为安徽省首批

※ 祁城人家门匾

重点文物保护单位，而承恩堂内壁
题字后也跻身此列。更为可喜的是，
至 2014 年，整幢洪家大屋升格为国
保单位，成为东街里历史文化街区
的重要组成部分，真是欣慰。还听
说不久的将来，洪家大屋将作为太
平天国运动纪念馆面世，我更充满
期待。

※ 祁门名人马日琯

　　有人说，时间有怪象：往前挖，可挖出古董；往后探，可探出宝藏。
还有人说：时间是魔术师，前面演光怪陆离场景，令人眼花缭乱；
后面藏神秘莫测深渊，弄人困惑无比。祁门本为太平军活动频繁之地，
曾大人到后，祁城更成江南重地，风云激荡，惊心动魄。用他自己
话说："无日不在惊涛骇浪之中！"以致后人评点："曾国藩在祁，
留下半部清史。"故事肯定多多。

　　据邑人倪群先生考证，太平军在祁活动不计其数，其中有资料
记载者达三十八次之多，可谓战火遍四乡。今天走祁门，寻当年战
事，遗迹多多。譬如西乡就有榉根岭、大赤岭。其中榉根岭石板古道，
已被列为安徽第五批文保单位，踏勘吊念者络绎不绝；大赤岭则因
太平天国战争，血染山赤而名。赤岭之下有考坑，传为湘军练兵场，

※ 乡村文化

曾为军旅遗风的千层锅，如今植入旅游，日趋红火。

乡村掌故，沧海一粟，祁城轶事，更为抢眼。譬如曾大人智杀警卫官、李鸿章迟起挨训，虽绘声绘色、生动有趣，然属捕风捉影类，作笑料而已，不值一提。而曾国藩训饬军政、置甄举劾、妙对勤王、趣题移文等，倒是千真万确，史籍见载。总之，曾大人对祁人的影响是深远的，县北曾建曾文正公祠是一证，西街谢家老屋的崇祀忠义圣區也是一证。至于祁城不少儒耆雅人，耳熟能详诵读曾大人楹联更是一证。

其一为曾大人在祁城亲撰并悬于西花厅，后晓谕徽州各县的楹联；

虽贤哲难免过差，愿诸君谠论忠言，常攻吾短；

凡堂属略同师弟，使僚友行修名立，乃尽我心。

其二为曾大人赠予地方士绅，后为祁红创始人胡元龙的赞联：

祁山阊江俱有灵，其秀气必钟英哲；

圣贤豪杰都无种，在儒生自识指归。

岁月长河东逝水，半壁清史当为用。祁人谋划旅游，提出口号是：游原始森林，看千年古戏，品世界名茶，吊百年战场。这百年战场，无疑指太平军战场，其中枢神经在祁城，该出彩就出彩。演足这部戏，不是一般的意义，看官意下如何？

居民住在东街里

日月如梭，天地巨变。曾大人固守的祁城，到民国中叶，因慈张公路开通，商家移路边，布局小变。再到中华人民共和国成立后，城围大扩展，面积翻番又拐弯。二十世纪七十年代，祁人曾为十字路口五层阆江饭店而自豪，如今看祁山路十九层的公安大楼，已如家中桌凳，熟视无睹。近年东边再冒工业区，西边崛起新城区，祁城格局大变。

岁月留记忆，街巷存风景。一座城犹如家中鱼缸，龟息鱼跃，有静有动，相得益彰。曾经的东南西北四街，旧貌基本灰飞烟灭，幸存东街里古韵依旧不少，市井风味仍浓。以致民间传民谚：领导住在燕窝里，部队驻扎石谷里，飞机停在花城里，居民住在东街里。四句话看似调侃，实则形象，各有内容。燕窝里指县委大院；石谷里指部队军营；花城里说是改革开放初，广东货车经常过，带动路边店蓬勃发展；而居民住在东街里，即是真实历史写照。

所谓东街里，规范地名叫东街，堪称祁城记忆绝版。其东傍阊江，南临新兴路，西靠中心北路，北枕祁山路。内街一纵二横，纵者东大街，横者一为右横街，二为下横街，整个布局几如目字中斜添一竖，虽不够规整，东轻西重，而诸如汪家巷、胡家坦、敦仁里等巷弄，以网状充填，内部实在丰满。说是总面积四十万平方米，人口近万。至于东街里，那是旧称，但在民间很普及，年纪稍长者都知道。

东街里地理位置极好，可谓寸土寸金，用房地产大佬话说，叫腊肉心。其中东大街与下横街交汇一带，俗称东街口，旧时因邻阊江码头，商业尤其发达，店铺林立，人流如织，南货、北货、山货、典当、药铺、油坊、过载行、酒肆、茶楼等，一应俱全。逢茶季，

※ 阊江饭店

※ 东街里毗邻水面

永华昌、吉和长等茶号熙来攘往，更为繁忙。光阴似箭，今日下横街仍保留昔日商风，街面店铺连绵，可谓遗韵犹存。而其他地带，即是货真价实居民区。与老徽州一样，历史上东街里基本也是聚族而居，同宗房屋比邻而建，小者几幢相连，大者十多幢连片，更大者甚至几十幢抱团布局，而民间一律称××大屋。这种称谓，往大处说，是鲜亮豪宅；往小处说，是大户人家。1949年中华人民共和国建立后，虽有少数房屋易主，然架构未变，虎死不倒威，其宏阔规模和豪迈气势依然。譬如至今保存完好的洪家大屋、王家大屋、胡家大屋、谭家大屋、冯家大屋、周家大屋、万家大屋等，庄严轩敞氛围，不减当年。

※ 东街新风貌

有规模就有故事，有气势必有传奇，以此话诠释东街里，十分贴切。东街里历史文化积淀非常深厚。这里有唐代街道布局，有元儒遗宅，有明清商居，有乾隆《四库全书》献书功臣扬州二马后裔，当然其中最吸引眼球的是洪家大屋、王家大屋。洪家大屋是东街里乃至祁城体量最大的建筑组团，其历史范围，东至东大街，南靠下横街，西邻中心路，北接右横街，黑压压一片，占地数亩，有名的曾国藩行辕就在其中，为最抢眼建筑。

如今洪家大屋火了，叫国保单位，缘由就在当年曾大人那么一住，老屋成为"高大上"，身价开涨。不过，话又说回来，此屋命运并

※ 东街里老屋新屋杂陈布局

非向来一帆风顺。粗算一下，至少有四次起伏跌宕。第一次是道光
二十一年（1841年），一叫洪泂的茶商从祁东洪村来县城，打算找
地修家祠建屋舍，巧遇一叶姓人欲卖一府六县结构祖屋。洪泂顺势
买下，后在东西两边增建，渐成组团，洪家大屋缘此而来。第二次
是曾国藩入住，住出风险，更住出故事，为后来赢取了不得的资本。
第三次是中华人民共和国建立，洪家被划为地主，老屋充公，其中
部分分给贫民，产权割裂，七十二家房客，济济一堂。实话实说，
幸亏产权多家，互相牵制。反之一个屋主，说不定此屋早被拆倒重建，
灰飞烟灭。第四次是2013年，整幢房屋被列为国保。县里高瞻远瞩，
将三十多住户迁出，决定整体开发，目前正处过程中。再说王家大

※ 东街里聚族而居的老地名　　　　　　　※ 下横街一瞥

※ 远眺东街里

屋，又名燕舍，由官厅、五间厅、学屋厅、花园厅、院子五部分组成，占地千余平方米，近年被列入黄山市百村千幢保护工程，关注者日众。一位网友看后发博客：

推门进去看了一下，建筑特色果然与众有所不同，保存也比较完好。之所以取名燕舍，是老屋堂前的几根梁上，竟然有七八个燕窝。我进去时，见不少燕子飞来飞去，只是因为天要下雨，看得不很清楚。老屋里住着两位老人，与我打了招呼后，只管做自己手里的事。可能是看的人多了，有点烦。这一处房子，并排两家，分为两幢，正屋都是内外双门楼，雕镂非常精细。两幢房子对称而建，进门就是天井。但有些特别，就是天井瓦滴檐边，镶有不少字，一色的蓝底红字，不知是原有的，还是后来修缮时加的，好像是天、禄、福、祚、祉等字眼。天井内的假山上，长满青苔和猫耳草，还有几盆其他的花。

网友感觉细致入微，描述鲜明生动，诱人胃口。遗憾的是，有关老屋底蕴未着笔墨。我从小在东街长大，对此了解颇多，不妨续貂几句：清光绪年间，祁城一王姓人家，兄弟五个，老大王寿人十三四岁带老二外出谋生。兄弟俩先后在湖州、上海闯荡，最终落脚于上海庞珍记商号，并在湖州开设王鸿顺粮行和王鸿裕酱园。老三长大，在兄长支持下，在祁城开办鸿顺丝线店。老四和老五长人，也去湖州经商。王家从此进入鼎盛时期，各兄弟均将钱财寄往老家购房置地。宣统二年（1910年），购得周家大屋。民国初，又购得汪家大屋。随后，五兄

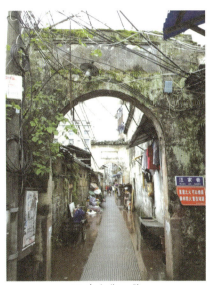

※ 东大街一瞥

※ 东街里西侧南大街

弟对买来房屋进行大规模改建，焕然一新后，以燕子衔泥之意，取名"燕舍"，于民国十四年（1925 年）制匾，悬挂中堂，搞点励志：

※ 东街里文匣　　※ 东街里文物

二十年来辛苦经营，薄有囊蓄，陆续购置前后屋宇，与诸弟共同居住。燕安之翁如也，今鸠工修缮此间略窄，因于厅事前颜其额曰燕舍。盖品先年堂前之燕，自去自来，复寻旧主，宜其家道之兴，有若汽之蒸机之速，而不得以隘小视之者，他日重建高堂，宏开大厦，将不仅于斯宅卜其蕃昌也……

我居东街将近半世纪，那个时代给我的记忆，是艰辛童年和苦涩青春，以及人与人容易交恶的风气。然东街仿佛游离于世外，民风古朴，至今想来仍温馨无比。

我住的外婆祖居叫周家大屋，位于右横街与东大街相交南向。记得拐弯两街口尤其特别，横有路亭，纵也有路亭，外婆说那是供行人歇息之用。而留我最深印象的是每至夜晚，小伙伴来此嬉戏打闹。有时外婆也搬竹椅靠门而坐，手托白银水烟筒，噗噜噜吹泡抽烟。我们即停止打闹，安静坐于亭栏，天南海北瞎聊，至深夜才散伙。

再稍后，亭间来一爆米者老方，每早挑担而来，一头铁质机器，一头风箱竹笼，席地铺开，便生火接生意。爆米时一手转机器，一手拉风箱，约莫二十分钟，用破絮抱起机器，机口对竹笼，脚踩机身，大喝一声：响啦……，继而"砰"的一声，白雾腾空起，满街爆米香。遗憾的是，那路亭到"文化大革命"后期拆了，我等的夜生活和老方的爆米花从此消失，至今想来，余味隽永。

据懂行人说，我家老屋，依据大门两层、梁柱方形、雕饰粗简，以及如意头饰件等特征，基本可判定为明末清初建筑。至于准确与否，长辈也说不清楚，只知道早先外厅有匾额，叫周余庆堂，悬挂在中堂上方。老屋占地四百平方米，上下两层，分外厅、里厅、花厅、厨房、后院等部分，面积虽不大，然小巧玲珑，井然有序，正房四间，偏房加侧厅和阁楼，将近十间。打从我懂事，就感觉老屋房客众多，最热闹是"文化大革命"时，楼上楼下住满。其时做过统计，最多时达三十二人。用当时话说，俨然一生产队。房客来自五湖四海，工作在各个部门，有中学、银行、医药公司、供销社、饮服公司、打击投资倒把办公室、竹器社等，当然也有下放农村右派等，但多者还是老屋主家人。三十余人居一堂，锅不碰碗碰，难免摩擦。然老屋从来相安无事，东家筷伸进西家碗，一家来客满屋欢，和睦相处，其乐融融。在我记忆中，似乎连红脸的事也没有。尤其"文化大革命"间，岁月动荡，派性激烈，老屋人难免也两派，然派性之争似是屋外之事，进屋仍是一家。尽管偶尔也为派事发生激烈辩论，然时间通常不长，且一旦结束，大家感情依旧，谈笑如初，步调一致。印象最深的是"文化大革命"炙热时的早请示晚汇报。每逢早晨，年长的竹匠姨夫高呼一声：早请示啦！屋客便从各家踱出，聚集到下厅贴满主席像置放宝书台的板壁前，跟着竹师傅，手挥毛主席语录本，齐呼："敬祝伟大领袖毛主席万寿无疆，万寿无疆！"如此

※ 周余庆堂内部

仪式，晚间再重复，绝无二样。至于与邻里街坊关系，也是一样。见面微笑，走动经常。周边人家，不时还小聚，但不是吃喝，是夜晚集中听故事，抑或红白喜事帮忙等。用通俗话说，叫丰富夜生活，抑或远亲不如近邻。

光阴荏苒，今天东街面貌已变，然昔日风情仍叫人缱绻难舍。譬如我家老屋，基本人去屋空，就连最年长者我母亲，现也易居。我每次回家，母亲总念叨："怎么办啊？老屋没人住，厨下阁上都漏了。别讲大家不愿修，

就是愿意，如今翻漏都找不到人哩……"母亲担忧不无道理，老屋如今仅剩一家栖居，虽说不时另有乡人来租住，然终因居家少，人气不足，加岁月侵袭，老屋梁歪门倾棚倒厕塌，线老化，水断供，日见衰败。老屋人也曾多次动议改造，众人均赞同翻倒重建，然每每被我以政府要成片改造不批为由所阻。我内心真实期许，是不忍这穿越多个朝代的古建毁弃在当今，心中憧憬不日派上黟县西递宏村那样的用途，以使数百年的老屋，作岁月礼物，送给未来。

对东街里情感，何止我一人。一朋友来此采风，到里弄巡游，想看老屋。然因基本锁门，无法进屋，很是失望。正准备离开，碰一老人，说明来意，老人马上带他走两家。先一家房内木雕甚好，然无人居住。后一家叫汪家大屋，仅一老奶奶在家。见有人来看房子，老奶奶很高兴，立马起身泡茶……

打造茶乡新客厅

城市记忆需要保留，而保留的学问，一要钞票，二要品味，三要时机。当今世界，人的审美犹如万花筒，稍纵即逝。苹果手机、名牌服装，热三天，随后即烂。城市建设也一样，能拿来炫彩的，真没几个。今天小鲜肉，明天老土豆，吃力不讨好者，举国皆是。

祁门最珍贵记忆，是一块"中国红茶之乡"牌子，而牌子得有地方展示。好比耀目奖状，放客厅无疑最佳。祁门有历史文化，有风土人情、特产风物，选祁城作为平台，一展风貌，以及待客迎宾、游览休闲等，十分必要，以作为北京天安门广场、上海外滩、杭州西湖等。打造茶乡客厅的动作，早就开始。二十世纪八十年代中期，内河街拆了，建起一溜立面斜斜的商住房，面河临风，算是起了大早的风景。然空间太小，特色太少。世纪之交，三生有幸，我在政府分管城建。首先对十字路口棚户区，来个大改造。经工作人员哼哧哼哧努力，以及拆迁户无私无我配合支持，中心广场很快建成，1998年年底拍卖店面，价位居然飙升至每平方米逾万，震动业界，惊艳四方。商味满满，文韵却无，作为客厅显然没份。此后，各地开发大佬纷至沓来，又带动县政府门口地块、外河街粮食局汽车站地块，相继改造成功。开发商掘了金，县人居住条件有改善，城市面貌小变样。然因欠缺历史感，仍难为

※ 茶叙新民宿

客厅。再后房地产热潮更火，寸土寸金城区招人显摆，吸眼吸人吸金，被地商大咖艳羡得一塌糊涂，大有将整个城区翻饼掉

※ 祁人创建的博物馆

个，遽使老城旧屋彻底消失，重起一座新城之气吞山河胃口。有人甚至提出要在阊江河上加盖，以河床立柱延伸路岸办法建商铺，以弥补城区用地不足，造河廊街市。其超凡智力，几可登吉尼斯大全。如此拆风威逼，建浪汹涌，毫无疑问，地处黄金地段的东街里自然而然被狠狠盯上，而我没心情。

县几大班子领导更清醒，认为一座城市既要开发改造，也要保留提升，尤其对一些文化积淀丰厚的街区更要认真规划，慎重决策，以传承历史，保留记忆，承载乡愁。尤其好端端一处东街里，曾因太平天国历史名闻遐迩。尽管岁月太阳照，世风频吹拂，熏陶濡染，并非真空，但绝不能任其歪斜走形，消失自我。

我将客厅梦托付在东街里，设想成片改造和修复性升华。具体想法：一要大。以东南西北道路为四至，大组团整体打造，四方四正，规整规矩，有模有样。二是老。尽量保留老建筑老风貌，以使

老滋老味依然。三是多。集居住、商业、文化、休闲等功能于一体，多业态，多景观，多风格。四是新。规划汲取徽派元素，推陈出新，徽风徽韵一徽到底。至于主题，尽显祁红茶乡特色，还本地人一惊喜，给外来人一惊艳。小九九确定，开始暗中极力使劲。县里当然也想大动作，其时恰逢歙县徽园问世，业界有口皆碑，社会舆论看好。我正好以此举例说事，汇报思路。县里听罢，果然照单全收，不但支持，且嘱我一定管紧，甚至管死。祁城本弹丸之地，建设用地极少，我们则建立城建报批联审机制，但凡建房，均须集中审批，计委、城建、土地、房管一一到堂，逐家表态，层层把关。如此制度立，一如紧箍咒，将东街里死死套住，公家想建房，好言好语劝退，居民想拆倒重建，也是不允。几年下来，果然挡住不少人。其间也生故事，譬如一老者街邻，寻我无门，七问八问，居然找到我年迈的七秩老母，劈头盖脸骂她一通。老母云里雾里，半空打雷，丈二和尚摸不着头脑。被骂半天，最终听懂原委，托人叫我回家，语重

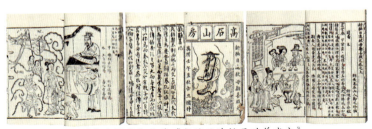

※ 明代戏剧家郑之珍《新编目连救母劝善戏文》

心长，谆谆教导："古话讲，造幢
屋，饿三年。人家积点钱，想造屋，
不容易。电视上说，当官不为民做
主，不如回家卖红薯。你就扒了吧，
干吗呢？"更有开发商不管这些，
他们想干大事，到处寻地开发。闻
说祁城房产市场好，价位高，于是
天天跑政府，找城建土地，吵着闹
着要开发东街里。其中一浙江青田

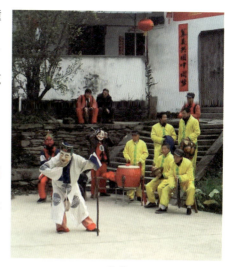

傩舞

客商甚至常驻祁城，日日问规划，时时催立项，说是资金基本筹集，
设计将欲动手，万事俱备，只欠东风，单等政府一声令下，马上即
可开工。对此我哭笑不得，搜肠刮肚，好说歹说劝慰："邮电地块
设备庞大复杂，搬迁资金量巨大，甚至涉及军方，手续要报军委审批；
曾国藩行辕为文保单位，属法律保护对象，根本不许拆迁，等等。"
以此诸多理由，语重心长，苦口婆心，将其劝退。其中所付代价，
不乏数次推杯换盏，差点没被小酒灌成脑残。

层次决定风景，旧去新来，更迭换貌，是为规律。先人留一处
有格局的地方，我们只能还其更高端更出彩更自豪更特色的面貌。
历史机遇终于来到。2014 年，市县政府决定将祁城东街列为历史文

※ 乡村碑铭

化街区，准备做保护性开发。不久县领导便带相关部门到现场看房，随即开始整修街道路面，工作人员上门征求居民意见。我家老屋面临考验，各家问我如何答复，我给出三点建议供他们参考：一、支持；二、最好换房；三、市场化货币补偿。各家基本同意，并按此上报。不管未来如何，我只愿东街犹存，留住一段岁月，承载几缕乡愁，让历史身影永久拖曳。

2015 年 11 月，祁南外出闯荡多年的知名企业家超港胡总邀我会面，没想竟是商谈东街里项目一事。其云自己受领县领导多次托付，恭敬不如从命，决定担起打造重任，然丝毫不敢怠慢和马虎，目前已找国内三家著名单位在搞规划设计，打算分别从历史、业态、建设等多角度切入，以期尽量科学准确全面接地气。然对于东街风俗文化想多听意见，力显昨日辉煌，以保证决策不失误。

东街里出彩日子不远了，但愿既是小鲜肉，不失老土豆，现实和历史重叠，时尚与传统交错，作祁红茶乡历史文化风情之窗，风貌尽显，风姿绰约。

茶扬名

起死回生传奇黑茶

1983 年，一个风和日丽的日子，安徽省茶叶公司收到一包裹，打开是一篓怪茶：外为发黄椭圆篾篓，内衬箬叶。拨开箬叶，是一团斤重乌褐板结茶块。公司玩茶老手，一时面面相觑，望茶发愣，此为何茶？幸喜茶篓附有一信，大意如下：此茶叫安茶，是半世纪前的茶品，产自安徽祁门，历在广东、港澳台及东南亚一带畅销。现几十年不见，我们两广南洋茶客十分想念，特附上老茶一篓，以作样茶，恳求尽快复产，云云。再看信件落款：华侨茶业发展基金会理事长关奋发。

※ 清末安茶

省公司缘信下令，祁门茶乡接令抓落实，县里组织精兵强将，开始追茶行动。继问书讨教无门后，费尽心血，七寻八找，最终在南路偏僻芦溪乡找到讯息源头。安茶古名六安茶，起自明末清初，先以京都为主打市场，徽商狠命推销，很快红火。不但京华文人大叹"金粉装修门面华，徽商竞货六安茶"，就连专事描绘社会风情的《红楼梦》《金瓶梅》《儒林外史》，也浓墨重彩，频频用笔，足见此茶魅力非同小可。清康熙二十四年（1685年），朝廷开放广州口岸，安茶顺时应势，调转船头销广东。先在佛山立脚，很快销至整个广东，以及港澳台、东南亚。到民国初，销到美国新旧金山、澳大利亚悉尼等地，市场异常广阔。再到民国中期，产量疯癫摇摆：1931年约一千六百担，1932年六百五十担，1933年约两千担，1934年约六百四十四担。如此数据，看似摇曳，实为市场动态。其时人少、钱少、运输难，安茶属奢侈品，买到是福分，市场不断扩张。另据1933年出版《祁门之茶叶》载：全县茶号一百八十二家，其中红茶号一百三十五家，安茶号四十七家。传统安茶与时尚祁红PK，不败也奇迹。1937年，抗战爆发，时局动荡，兵荒马乱，安茶运路中断，销售无着，被迫停产，从此销声匿迹，淡出人们视野，呼呼沉睡。中华人民共和国成立后，中国茶叶走计划经济路线，统购统销，安茶小众，无人提及，似乎被人遗忘。然好茶就是斗，终于有香港老茶客按捺不住对安茶的念想，瞄准大陆改革开放时机，伺机出手，关奋发先生便是代表。

中国茶叶六大类：红、绿、黑、白、青、黄，祁门原有半壁江山：红茶、绿茶、黑茶，且黑茶资格最老。同时获悉安茶内涵，可谓玄乎神秘。此茶工艺奇特。采制始于谷雨，经初制精制十四道工艺制作，成品再妙藏三年，说是激化元素，产生更多多酚类和多糖类物质，以达陈而不霉、越陈越香之效，属后发酵紧压茶品。其次该茶包装也质朴，竹篓箬叶藏三票，叫面票、腰票、底票，既生态还文乎，一副土著相，古色古香，人见人爱。再者茶性温良，药效卓越。明屠隆《考槃余事》载："六安茶品亦精，入药最效。"现代药理分析发现，安茶中含多酚类物质和多糖类物质，比重很大。其在陈化过程中，产生一种叫普若尔的成分，对防止脂肪堆积

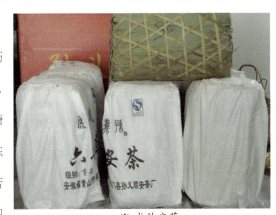

※ 成件安茶

有作用，故坊间称安茶有消食去腻、解毒祛湿、通经活络等作用。猛喝解渴养身，久喝怡情养心，偶喝作药养颜，长喝保健养生。尤其在东南亚地区被尊为圣茶，居家必备。而茶名也多，台湾称六安篮茶，东南亚称六安茶、徽青、普洱远房亲戚茶，港澳人称六安笠仔茶，或陈年六安茶、旧六安、老六安，广东人称矮仔茶。

　　境外市场召唤，国内政策调整，茶质内涵上乘，天时加地利，安茶起死回生，时机到来。1985年茶季，以郑纪农为首的茶技人员访老茶人，问技艺，做记录，找器具，反复试验，熬过无数日夜，制出首批样品百余斤，送达香港。港人重见安茶，高兴异常，然一试茶味，感觉尚远。意见反馈回来，茶人再苦战，二批样品成功，于1988年再送检，然意见反馈，还是不行。于是第三次再试，如此

※ 安茶沙龙现场

不断研制，不断反复，
终于到 1992 年安茶复
制成功，经国家农业部
茶叶检测中心认定为合
格产品。

※ 安茶奖牌

市场经济命穴是销
售。安茶复产曙光初现时，恰逢乡镇企业热火。1990 年，芦溪乡第
一家安茶企业江南春注册，次年开业，掀开安茶重走广东盖头。然
开售势头并不好，1991 年安茶产量四千公斤，仅售两千五百公斤。
老板汪升平不气馁，执着坚持，以其言描述：两只脚几乎跑遍广州
大街小巷。几年后，终于经常有人来买茶了，一买就是几十斤。如
此再拓展，安茶销售从每年几千斤，逐步扩大到万斤。至 1996 年，
安茶不但生产技术基本成熟，且经多年储藏陈化，质量也日趋稳定，
市场认可度大为提高，并一举打开境外市场，商家电话频来。至
1997 年，安茶外售量挤近两万斤，在此关键时刻，天公再降两次机
遇：一是 2003 年"非典"，广东民众从安茶可消瘴的历史经验出发，
纷纷购茶以作防范，致使安茶大畅销，乃至供应断货。二是 2004 年
12 月 26 日，印度洋发生海啸，以海洋为生的渔民，以传统方式消灾，
购置大量低档安茶与其他物品一道投大海，以求海神保佑，从而带

※ 《寻找回来的安茶》著作

动安茶销售，市场大开，不少客户开始直奔芦溪而来。再后，随着国内茶叶市场细分，普洱一度火热，几年后回归理性，一批思维敏锐的高端爱茶人，将目光转向与普洱相似的安茶，购买收藏者日众，安茶知名度又从广东、港澳台和东南亚一带，逐渐扩展到国内北方和日本、韩国、美国等市场。

生产靠科技，营销靠文化。2013年，国家质检总局批准安茶为地理标志保护产品；文化部门将安茶制作技艺列为非物质文化遗产名录，官方给力。同时，受安茶魅力

※ 老安茶号

之诱，刘平、张先海等外地一批高端文化人瞄上安茶，孙义顺、春泽号形象店先后开业，他们搞品鉴会，拍专题片，办文化沙龙，大肆炒安茶，民间掀大风。此中，我也助力，采风考察，爬梳拣筛，写就一本《寻找回来的安茶》，算是首著，推安茶噪名声，人市场，广影响。至 2015 年，芦溪乡安茶生产企业达十余家。2016 年春，引领中国茶叶风向标的中粮集团打算也跻身安茶之列，推出白露润安茶品，曾经中断半个多世纪的安茶，以崭新面貌，迈开春天的步伐，再展雄风。

淡定静美屯绿之冠

今天黄山市，首府坐屯溪。追屯溪成长历程，关键节点是五口通商后，屯溪绿茶立下大功。其时新安江水载屯绿滔滔而下，漂洋出海，既替华茶扬威，更为朝廷赚取大量银子，乃至《清史稿》立屯溪为茶务都会。

翻检其时为国争光的屯绿花色品种，其中最上乘者，是出自新安江上游率水之滨的凫绿，人称屯绿之冠。即使百年后，人们仍念念不忘。1939年出版的《绿茶产运报告》云："屯绿最著名者，曰四大名家茶，产于祁门东乡之凫溪口、杨村、上下土坑、李坑口，品质之健，在屯绿中独步。"

好茶向来俏，凫绿也一样。然因品质超越，每逢茶季，各地买家均亲自到产区采购，于是到祁东买茶，不失为风景。1991年春，我也做过买客，事后将茶锅旁交易写成一篇《试新茶》，投《羊城晚报》锦绣中华征文赛，意外获奖，算是为凫绿软广告一番：

融融春日，是凫峰乡车轮滚滚的季节，慕名前往买茶者络绎不绝。我坐车中，看春风杏雨裹青山绿水，油然想起暮春三月，

※ 凫绿茶园

江南草长的诗句。诗虽美，但不及眼前景致美，尤其窗外茶旗迎风展，我更恋茶景，恋这里向往许久的四大名家。

巧，买茶的村落就在号称四大名家之一的凫潭口。好美的地名，诗一样迷人。更巧，提脚进门，正是房东做茶时。

房东老汉六十余，围襟袖套，正忙锅前。才开园，芽头嫩，只能手工做，这样轻重有分量。老汉与我一见如故，拉开话匣。雪白瓷板，映射老人红扑扑脸庞。锅里滋滋响，白气冉冉升，老汉双手不停翻炒，嘴里一声一声唏嘘赶热浪，满屋浓香绕梁。

我知道，这叫炒青，生叶采到家，先放篾盘摊开。茸茸芽头，春光灿灿，水分稍收，即下锅，翻炒有轻响，捞起揉捻。这不，可以起锅了。老汉将茶叶捞在篾盘上，叫我扶紧，叉开五指，双手按住茶团，这边左手自下而上拢过去，那边右手自上往下收过来，身不动，掌心转，一下一下，姿态逗人。揉一阵，抖一阵，抖一阵，揉一阵，似乎很享受。老汉说：先不能使劲，免得茶叶碎，出汁才使劲。老人说话时，脑门已渗细汗珠。如此十分钟许，叶片缩成条，篾盘起绿韵，接着又下锅炒。渐渐茶条由软变硬，颜色由绿转褐，滋滋声慢弱，沙沙声渐起，白气逐渐收尽。

好了吗？我问。

还要文火再烤一会。老汉搓搓手，直起腰，点上我递去的

香烟，深深吸一口，吐出一团舒心爽骨的惬意。你这当干部的，这几年要我们手工茶为什么这么多？他突然冲我问一句。

我想了想说，一是生活水平提高，手工茶质量好，二是改革开放，城里人爱上深山茶。

老人笑着点头：在理。说罢抓上一把干茶：来，试新茶。

我看那乌褐茶条，白毫闪闪，煞是喜人。再嗅一口，清香馥郁。茶未泡，人先醉，竟不忍下手。

老人见我痴迷，接过茶叶说：这也是我今年的头锅茶。来，同饮同醉。

我高兴至极。

类似凫绿看俏的风光，几年后有更大拓展。背景是随着改革开放的深入，国家茶市放开，被计划经济禁锢多年的消费激情，出现井喷，由此带来名优茶热，风生水起。祁门茶受此感召，也一改几十年外销祁红为主的局面，大兴红改绿，各种名优绿茶蜂拥而起，赤岭、历口等茶市横空出世，黄山翠兰等名茶摘冠国家金奖，四面八方茶商纷至沓来，市场异常火爆。鉴此，县里决定再登高一呼，以出奇制胜方式造势，大肆炒作。1998年祁门县首届名优茶评赛竞卖会，就是典型一例。

那年五一大早，天先阴，须臾转晴，八点旭日东升，县体育场阳光灿烂。然实话实说，尽管有彩门、乐队、礼仪小姐现场造气氛，由于宣传时间短，来现场参与者并不多，场面不算热闹。然事出意外，开幕式刚结束，当来自省、市、县三级的茶叶专家，在场中拉开架势，启动评茶程序时，没料想观众席上的人一哄山上，将专家围个水泄不通。尤其四乡进城茶农，手拎未脱手茶袋，脚跟踮起，脖子伸长，眼睛张大，一门心思尽放在专家动作上。约莫半小时，评赛结果揭晓，一等奖叫金顶春兰，是祁红乡一年轻农民杰作，二等奖、三等奖也是茶农获得。总设八奖，茶农摘六，这就爆出新闻，奖牌进入百姓家。于是这边奖凭到手，那边记者蜂拥而上，奖主被团团围住，县领导也赶来祝贺，与腼腆奖主咔擦，留一帧珍贵历史照片，做多功能备用。

※ 金东茶市大门

※ 金东茶市一瞥

竞卖更为高潮，九个竞买人端坐场中，主持人宣布规则，礼仪小姐送上茶样，主任评委介绍茶品特点。一声锣响，叫卖开始，一等奖茶从四百八十元开卖，三号、五号、一号、七号，竞相抬价，经十四回合，最后在一千二百二十元落锤，得主是一妙龄女茶商，一脸自豪，晃动丰满胸脯，蹬蹬上台，当场付款走人，搅动无数艳羡目光。二等奖茶得主是位先生，其以一千零八十元成交。三等奖茶得主又是女将。二女比一男，当日祁城谈资大兴，茶商阴盛阳衰之说由此滋生。还有市场意识前卫者，戏外加戏。一茶商悄悄叫住一等奖得主："把你奖凭卖我，我给你高价？"憨厚奖主头摇如鼓。另一茶商即拽紧二等奖得主："你家还有多少茶，开个价我全包。"须臾，买卖双方便在树荫下谈妥生意。评赛竞卖甚至感慨更多人，一先生说："竞买太迟了，提前在清明、谷雨多好。"一茶农说："我当场报名不让报，真该死。"一领导说："明年过完元旦便策划，搞他个轰轰烈烈。"诸如此类潜台词：好戏在后头。

如此绿茶大戏，一唱多年，一直延续到新世纪后，随国内铁观音、普洱、红茶热的先后迭起，曾经炙手可热的名优茶渐归本位，祁城因绿茶热而兴的金东茶市等永存下来，工少仍生机勃勃。尤其逢茶季，动感持续亢奋，绿茶仍先声夺市。而凫绿仍淡定从容，与世无争，坚守自我阵地，只受爱者钟情，淡定静美，无心喧哗，在铁杆粉丝心中，死磕还原为死拧，始终如一，领历史名茶之誉，踞屯绿之冠地位，鹤立部落，岿然未动。

后来居上大咖祁红

相比于安茶和绿茶，祁红属后起小弟。小是小，然出手不凡，后来居上，凭借优良内质，一问世便跻身世界三大高香之列，令人刮目艳羡，惊叹不已。

祁红问世，时在清光绪初，其时中国红茶已问世百年。换句话说，茶技炉火纯青。就在这时，世界茶坛风起云涌，华茶遭受打压，绿茶尤其滞销，祁门茶缘此也跌落低点，茶乡沉闷死寂，亟待春风

吹荡。于这种氛围中,祁南胡元龙坐不住了。一个月黑风高的夜晚,
他在家乡老屋里,踱来踱去,盘桓纠结,思考许久,终于猛击一掌,
下定决心,重起炉灶,创制红茶。

胡元龙家乡贵溪,唐末建村,聚族而居。其家为士绅之族,祖
父曾因功被朝廷封赏三代大夫。自己从小饱读经史,习拳练武,以
文武全才闻名乡里,及长任团总,估计属吃皇粮一族。本可不当风险,
太平度日。然世道不好,百姓艰难,他决定不按套路出牌,毅然辞
官业茶。早在咸丰初,时年二十六岁的他,闻红茶走俏,便在自己

的培桂山房尝试创制,后因太平军
起而停滞。现祁门茶叶销路受阻,
东山再起,二试红茶,当然入戏更快。
资金筹措到位,他立即从江西宁州
请来茶师舒基立,开设茶厂。经反
复摸索,制出茶品,先以每箱十五
斤的规格,俗称一五箱试售九江,
销路不畅。后再图良策,改二五箱
规格,运售汉口,销路顿开,俄英
等国茶商争相抢购。这一年是清光
绪元年(1875年),恰逢他四十岁,

※ 祁红创始人清代胡元龙塑像

后人看作是祁红问世之年。此后产量逐年增长，相传整个贵溪村，年产干毛茶达两万多斤，茶号有六家，用今天话说，成为远近闻名专业村。随后他将祁红制技扩散到整个祁门茶区。至于许多年后，大清以第一百一十九号奏折，给出总结性评价，那是后事了：

※ 闪里桃源廊桥

安徽改制红茶，权兴于祁（门）建（德），而祁建有红茶，实肇始于胡元龙。胡元龙为祁门南乡贵溪人，于咸丰年间在贵溪开辟荒山五千余亩，兴植茶树。光绪元年二年，因绿茶销路不畅，特考察制造祁红之法，首先筹资六万元，建设日顺茶厂，改制红茶，亲往各乡教导园户，至今四十余年，孜孜不倦。

时代呼唤强者，追溯祁红创始人，祁南胡元龙是一个。后人再考，居然发现祁西还有两个。

一是陈烈清。有郑恭撰《杂记·祁门红茶源流》载：民国纪元前五十年，有邑人胡元龙、陈烈清相继在祁门西、南乡创设茶厂，

※ 桃源村祭祀茶祖活动

※ 桃源村民祭茶祖念祭词

※ 桃源祭茶祖舞龙活动

招工授以焙制方法，祁红才开始萌芽。这两家茶厂算是制茶最早。厂名胡日顺、陈怡丰，距现时有八十多年。遗憾的是，此书现已失考，幸《中国茶文化词典》有载：陈烈清，清代制茶商。咸丰元年前后在安徽祁门创设陈怡丰茶厂，对祁红发展颇有贡献。陈烈清家乡为祁西桃源，坐落今闪里镇，相传因村似陶渊明《桃花源记》而名。丙申清明，我再去专访，走 G35 高速闪里下口，过柏里村，远见一廊桥，粉墙黛瓦，藤蔓斑驳，周围古木掩映，绿水回流，是为桃源水口，古风可人。村庄依山傍水，前有兔耳溪逶迤而过，后有来龙山古木森森。走过廊桥，仿佛走进历史，溪分两岸，东为良田百亩，西为村庄，古建比比皆是，高昂马头墙，平整青石板，荫凉弄堂，规整祠堂，古色古香。说是村人多为陈姓，曾有五兄弟建下七祠，今存五座，陈烈清属持敬堂一祠，至今保存完好。2015 年春，该村举办巴拿马金奖百年祭茶祖活动，我也曾受邀参与大经堂的祁红论坛，讲祁红的过去、现在和未来，意在助力。及至祭茶祖仪开始，香案蜡烛族谱，平添庄重，红绸祭品灯火，尽显肃穆。村人捧老茶，族长念祭词，震天炮仗响，众人纷叩拜，感谢先人创制祁红，纪念祁红百年荣耀。其后又是舞龙，可谓热闹非凡。而我意外发现陈烈清，端详其像，方知早有印象。这次再走桃源，旨在寻找遗迹。终于寻着一老者，问到信息：陈烈清开设的陈怡丰茶号，在闪里老街，故址已毁。我心虽惋惜，然看到今天桃源，茶风依旧兴盛，有忠信祥、忠信昌、义和祥、祁雅、永杰、祁眉、裕华等茶企济济一堂，各展风采，丰姿赛前人，惆怅又解。

二是余干臣。据民国二十六年吴觉农、胡浩川《祁红复兴计划》载：1876 年（光绪二年），有自至德（今东至）茶商余某来祁设分

※ 历口茶商造的桥

※ 历口街

※ 历口老街

庄于历口，以高价诱园户制造红茶，翌年复设红茶庄于闪里。时复有同春荣茶栈来祁放汇，红茶风气因此渐开。文中余某即余干臣。《黟县志》载：余干臣，名冒恺，立川村人。祁红创始人之一，原在福建为官。清光绪元年在至德（今东至）县尧渡街设茶庄，仿福建闽红方法试制红茶，次年到祁门县历口设茶庄。历口古名新丰，始建于宋，有山有水有街，向为祁西商埠重镇。说山，历口靠近牯牛降，十万亩高山，十万亩密林，十万亩山雨，十万亩乳雾，高山出好茶，茶史悠久。说水，有沥水源牯牛降和历山而出，滔滔南入阊江，直通鄱阳、九江、汉口，是为茶贸通道。河分村为两片，东多冯姓，居溪涧与沥水汇合点，一弯街道，形成历口外围。西多许姓，临河靠山，为人口密集地。说街，河两岸各有百米，路面大青石板，两旁店铺林立，布庄、药铺、饭店、酒坊、轿行、茶号等，应有尽有，行业众多，不下百家，是为四乡集散地，人来人往，茶香氤氲，繁华无比，乃至有民谚："小小祁门县，大大历口街。"一片茶绕人家，一条街穿村走，一道水往外流，余干臣从福建回黟县，经常路过，耳服识件，丁是设茶庄，门熟事，举茶业，顺理成章。用今天话说，他在红茶源头地武夷做过公务员，深谙茶道，在历口业茶，不过是小试牛刀，成功率极大。遗憾的是，老余当年做茶遗迹，今已难考。欣慰的是，历口茶风仍袅袅劲吹，譬如新建的利民、利济两桥，已将河东、河西连为一体。其中利济桥就是同昌号老板汪广英倡导，历口十多家茶号，捐银万余元修成，时为光绪二十一年（1895年）。再如民国时，祁门茶业改良场在此设分场，更是人人皆知。今日历口人，业茶仍是主题。春来天气放晴，凌晨满山尽人影，老人小孩男人女人，手提着袋，腰挂个筐，匆忙采茶，冲锋下山，来到马路，瞄准茶贩，挨个探价，价格合适就出手，当场钱货两清，小跑回家吃早饭，上山再采。夜晚，茶机打破小镇宁静，机器轰鸣夹杂人声笑浪，茶师虔诚操作，绿叶渐变，从嫩绿到乌润，从茶青到干茶，香韵扑鼻，小镇到处喷香。

至于与历口相邻数十里的闪里，其早年受桃源影响，红茶已有基础，加之地理气候与历口俨然兄弟，难分伯仲。余干臣介入，当为助力，因此茶事风景，同样醉人。水口大树鸟鸣，古桥潺潺水声，

青石板里家长里短，祠堂后荫凉小巷，上街到下街幽长，青砖黛瓦
民居等，宛如水粉画，隐没山水间。尤其春季，漫山遍野映山红，
青翠茶园连绵成片，古道挑茶换盐人影，山上茶女采茶笑声，文闪
河码头木材毛竹，正街茶铺红火生意，同样为方圆百里热闹集市，
一幅清明上河图，与历口不相上下。

　　闪里也好，历口也罢，两地茶风出一辙，陈烈清、余干臣均是
有功之臣，祁红历史该给席位，必须的。再加南乡胡元龙，三足鼎
立，很快使祁红一花独放，出口量迅速攀高、直线上升，营造出光
绪末年至民国初年祁红贸易的最盛景象，汉口茶栈大开中门迎水客，
祁红自此登上一带一路，香飘世界。

※ 祁红茶园

茶中英豪华茶霸主

祁门有茶，半壁江山。其中以祁红为最，中国改革开放总设计师邓小平赞誉："你们祁红世界有名！"

祁红有名，源出何处？这一直是我想弄清的命题，二十世纪八十年代初，兴起修志热，我有幸参与，翻史书，看档案，不时发现祁红资料，于是摘抄登记，从此起步祁红文化研究，日久生情，兴趣更浓。几年后，县文化局局长吴建之，一个品味和事业均上乘的学者官员对我说："我们写一本祁红茶书如何？"我喜出望外，欣然表态："你发话，我干活。"不久吴派我和方志办程老师出差沪上，专搜祁红史料。我俩大海捞针，跑图书馆，走各家书店，费尽心思，找到几份民国中期的祁红文献。遗憾的是，资料采回不久，吴局长英年早逝，祁红茶书因此搁浅。我想自己生于茶家，长于茶乡，种过茶，制过茶，可谓喝祁红长大，属正宗道地茶粉，无理由懈怠，理应担当。于是不时开写豆腐块文章，推介祁红。再到2002年，县政协编纂祁门茶文化文史，主编倪群向我征稿。我感恩机会，趁热

清末拣茶女

打铁，查阅先前资料，深入民间采风，搜寻昔日茶玩，挑灯夜战，写就三万字《祁红史话》，算首次系统披露祁红简史。此后，乘势而上，资料越积越多，文稿不断刊发，祁红文化研究初见起色，同时视野也逐渐扩至整个徽州茶。2004 年，中国国际茶文化研究会和上海文艺出版社编辑出版名优茶系列丛书，我受邀撰写《祁门红茶》，很快面世。2015 年再受县府之邀，与倪群合著《祁红史话》出版。经此多年摸爬滚打，基本弄清祁红之所以有名，在于经历五个历史阶段淬炼，获得六个霸主地位的高端荣誉。

祁红从大山走出，走向世界，走进贵族皇宫，道路曲折，经历坎坷，展其五幅波澜壮阔历史画卷，处处令人惊艳：

一是清末雄起。祁红问世，世界茶坛风起云涌。据史料载，1896 年至 1900 年，华茶出口以红茶、绿茶各为一百指数计，到 1915 年，红茶降为七十七，绿茶升到一百四十三，明显绿肥红瘦。然唯有祁红一枝独秀，扶摇上升。史载光绪末至民国初，祁红贸易最盛，每年总在一千五百吨上下，价格独占鳌头，主要外销对象是英、美、德、法、丹麦等，由俄商承办，经汉口外销。老茶商回忆："头批满堆，即拣吉日良辰，鸣炮奏乐，大宴茶师茶工，仪式非常隆重。均堆成箱后，抽茶样一箱，派水客送汉口。汉口茶栈大开中门，设宴迎接。由此民间有一品官、二品茶之谚。"此局面一直维持到1914年第一次世界大战爆发。

二是民国兴旺。二十世纪三十年代，祁红形成两次高峰。第一次是1930年，国际汇兑变化，加之世界茶产减少，导致祁红紧俏，产量攀升。此后五年，祁红在上海购买指数均超出一百元以上，其中1931年为最高，达一百六十八元，五年中，每担售价均在两百元上下浮动，其中1932年最高，达二百一十四点五元。缘此，祁红茶号剧增，1931年为一百三十七家，产量八百五十吨，次年增到一百九十四家，产量一千余吨，状况一持数年。1932年夏，以吴觉农为首的一批爱国茶人，进驻祁门，改良场复归国有，祁红技艺提升，运销体制创新，新式条播梯形茶园面世，以及《祁红复兴计划》等学术专著问世，祁红地位大提高，呈绝无仅有鼎盛局面，影响空前绝后。第二次是1937年，抗战爆发，为筹措资金，国民政府对全国茶叶实行统购统销，集中运香港外售。祁红得地处深山之利，产量和茶企双增，1939年超两千吨，占全国红茶产量三分之一，茶号及合作社达四百四十家，二者均达历史最高水平。

三是多事之秋。1941 年 12 月，太平洋战争爆发，战火纷飞，海运中断，向以国际市场为主的祁红一落千丈，奄奄一息。抗战胜利，祁红恢复出口，现一线生机。次年，全县茶号七十家，合作社十九家，产茶六百二十吨。随后内战又起，祁红再受挫。至 1949 年，全县茶园面积不到五万亩，茶产不足二百吨。

四是计划宠幸。中华人民共和国建立后，祁红经营收归国有，统购统销，私商停业。政府接管茶业改良场，一分为二，科研归为茶叶研究所，收购和加工归祁门茶厂，历口和平里各建初制厂，提供毛茶原料。从此，祁门茶厂作为统控祁红的企业，波

※ 安茶三票

※ 江南春茶票

※ 胡天春号底票

浪式攀升，总体趋势日好。其中 1950—1959 年为复苏阶段，先在改良场原址复产，后在北门建新厂；1960—1964 年为低谷阶段，受自然灾害影响，产量下滑；1965—1985 年为辉煌阶段，产量和工人数达历史最高水平，同时跻身国家级二级企业，成为中国最大红茶加工厂，堪称巨无霸。多年保持强劲外销势头，其中二十世纪五六十年代，茶品百分之九十五出口苏联，后输欧盟。至 1986 年，百分之九十以上出口，少量供国内，对外皇帝女儿不愁嫁，对内有钱买不到，两眼不问市场，一门心思做茶，天马行空，独自狂欢。

五是市场挑战。改革开放，茶市放开。首先，祁门茶厂独家经营局面打破，原料、资金、销售面临巨大挑战。从 1987 年起，产量逐年递减。与此同时，乡镇茶厂蜂拥崛起，至 1988 年，全县精制厂达十四家，竞争形成局面。其次，国家改革外贸体制，祁红自 1986 年起交省公司外售，茶补政策逐步取消，祁红起步内销。1996 年，省放茶叶出口权到县，祁红直接外销从零起步。再次，受红改绿茶市影响，祁红原料减少，产量下滑，其中 1995 年、1998 年、2004 年均在七百吨以下，占全县茶叶总量约五分之一。进入新世纪，祁门茶厂、乡镇茶厂陆续改制，涅槃重生。2009 年，全县启动重塑百年品牌、振兴祁红产业计划，本土天之红等茶企日趋崛起，外来祥源公司等逐渐进驻，国内市场拓展，祁红份额日大。至 2013 年，全

※ 祁红茶园风光

县茶园面积达十六点五万亩，茶产四千六百五十吨，创历史最好，祁红曙光再现。

时间为炼狱，烈火见真金。1933 年，一个月明星稀的夜晚，吴觉农先生在平里改良场的煤油灯下，为《国际贸易导报》撰文。他翻检资料，查阅档案，经认真研判和分析，断然做出结论：祁红为中国红茶之王！时值今天，我们回望，先生研判并非空穴来风，而是确有铁铸事实，既有高屋建瓴的总结，也有先知先觉的预言，高瞻远瞩，空前绝后。这就是祁红因独特品质，似乎与生俱来就是老大。

首先是高香之霸。世界三大高香茶：印度大吉岭、斯里兰卡乌伐、中国祁红。祁红以香气似花似果似蜜、浓烈馥郁持久著称，学术界命为祁门香。1905 年，中国首次派茶税考察团考察国际茶市，在印度大吉岭茶区，厂主人向考察团夸称品质同于中国祁红。考察团品评，

※ 世界 500 强国药祁红茶品

认为稍有祁红特种香气。1936 年 6 月，金陵大学农业经济系印行《祁门红茶之生产制造及运销》载："祁门以产红茶著称。所产红茶，其品质之优异，不仅在国内各红茶产区中，首屈一指，即与新兴产茶国家，如印度、锡兰（今斯里兰卡），曾经锐意改良，而出产之茶叶品种相较，亦罕有其匹。"1998 年 10 月，世界著名香气专家日本山西贞女士品鉴祁红后，签注留言："世界三大名茶，这是我喝到最好的红茶。"

其次是学术之霸。1915 年，北洋政府农商部在祁创办中国最早的茶业实业机构——祁门茶业改良场，一路走来，科研硕果累累：新式条播茶园、机械制茶、运销合作社。小小改良场，走出吴觉农、胡浩川、庄晚芳等许多骨灰级大咖。学术著作更丰硕，《中国茶业复兴计划》《浙皖新安江流域之茶业》《红茶怎样看法》《祁门之茶业》《皖南茶业概况》等，不胜枚举，影响深远。

三是国礼之霸。1949 年 12 月，中华人民共和国刚成立，毛泽东即出访苏联。适逢斯大林七十大寿，行前有关部门精挑细选一批最能代表中国的精美礼品，分别以中共中央、中央人民政府、中国人民解放军名义赠送苏联。其中祁红作为党中央礼品，以毛泽东个人名义赠送斯大林。此为祁红首次以国礼身份亮相。1954 年，中华人民共和国为展示形象，举办中华人民共和国成立五周年庆典活动。

祁门接通知，制出精品超级祁红选送。后经中央部门审定，报经中央领导同意，此茶正式命名为祁红国礼茶，成为外事部门的专用接待茶。再后邓小平接待英国女王，江泽民访苏，李克强会德国总理，祁红均是首选国礼。

四是金奖之霸。1913 年获南洋劝业会优等奖，1915 年美国巴拿马万国博览会，祁红有三品种真凭实据获奖：农商部选送的祁门茶、上海茶叶协会和祁门忠信昌茶号选送的祁红、安徽胡元龙红茶，另上海汪辅仁和汪裕泰、屯溪汪声潮红茶，极有可能也是祁红。1987 年再获比利时第二十六届世界优质食品评选会金奖。至于国内金奖，不计其数。

五是市场之霸。清末民初，汉口、上海等港口，祁红不到，市场不开，且售价最高。1913 年《关于汉口茶叶调查》载："祁门茶质之佳，为各地之冠，售价极大。最高价每担银八十两，最低价每担银二十余两。"1936 年 6 月 1 日上海《大公报》载："本年安徽祁门著名红茶、江西宁州改良红茶，始经上市即由中国茶叶公司于日前首先开盘。购进祁门红茶大面二十件，大德五十五件，华大三十件，每件评定价目均计国币三百元。购进宁州改良红茶明毫五十一件，每担评定价目计国币一百四十五元。"

抗战爆发，为筹集外汇，全国茶叶统购统销，集中运香港交富华贸易公司销售。史料载："能行销欧洲方面者，厥为红茶一种，皖省祁红尤负盛名。"中华人民共和国建立后，祁红专司出口，有钱难买。直到二十世纪九十年代后，才对国内市场开放。

六是声誉之霸。祁红问世，栽誉天下。诸如周总理力挺祁红、朱德夸赞祁门木茶机、邓小平高声赞誉、胡耀邦数问祁红、胡锦涛老街问祁红等，有口皆碑。获名人褒奖：老舍、赵朴初、钱锺书、鲁彦周等，不计其数。获国家级品牌：中国红茶之乡、祁红技艺为国家非物质文化遗产，举世瞩目。若非高端茶，何有此待遇。霸气，不服不行。

※ 老茶人工作照

来一场叫春的业态秀

世界翻页，行业跨界，社会转轨，发展转型，时代就这样前行，祁门茶业当然不会例外。自新世纪起，一改茶品单兵出击为多元业态兵团作战，无数大咖精英，以崭新态势崛起，譬如茶旅游、茶食品、茶文化等，引领产业面目大翻新。

乙未年九月，我接祥源公司电话，说是他们想邀原祁门茶厂老职工一聚，请我出面以安徽省祁门红茶研究会顾问名义主持座谈会。这真是特好创意，俗话说，人走茶凉，然祥源公司反其道而行，他们与这些老人，可以说关联度并不大，但由于同伺祁红，他们主动担起关爱重任，意义远超活动本身，可谓升华到传承和弘扬祁红文化的高度，堪称高端。我作为祁红茶乡人，理当百分之二百支持。于是九月九日，一个可爱的登高日，天清云淡，秋高气爽，我在祥源公司见到二十多位特殊客人，白发苍苍，精神抖擞，年纪最大的八十九岁，最小的六十一岁，其中不乏脚步蹒跚、眼花耳背、走路都需搀扶者。

　　进入厂区，老人们很快被中国祁红博物馆所吸引，看展板，观实物，赏图片，鉴茶样。我发现他们似乎更关注那些老照片、老档案、老物件。我因参与过祁红博物馆筹备，于是告知老人，祥源公司自2011年来祁，短短五六年中，在茶园基地、生产厂房、自动化生产线、博物馆、销售市场等方面有五大突破。尤其博物馆，不但成为展示祁红历史文化的最好窗口，且带来更多人对祁红关注。其中第四展厅：风云际会，可谓专属茶业改良场和祁门茶厂内容，有关祁门茶厂半个多世纪的成就和贡献，在这里基本可见。老人听罢，果然于四展厅驻足良久。在这里，他们看到当年，甚至找到自己，自豪浮脸庞，泪水盈眼眶，情感几如当年年少激昂。随后，我们召开别开生面的座谈会：传承创新·奋发前行——原祁门茶厂老员工纪念祁红金奖百年座谈会。听罢祥源公司情况介绍，老人感慨万分，踊跃发言："今天我闻到熟悉的味道，看见温馨的昨天，激动兴奋，神情贲张。毫不夸张说，从中华人民共和国建立到计划经济时期，祁门茶厂代表祁门红茶，在推动祁红从手工走向机械，从作坊式生产到规模化运营等方面，不但以过硬产品质量，赢众多荣誉，且锻炼和培育大批专业技术人才，丰富红茶生产加工理论，促进了祁红产业整体发展。更为高兴的是，今天亲眼见证，祁红牌子没倒，祁红市场更大，心中充满欣慰，在此祝愿祁红品质越来越好，祁红明天更加灿烂。"

※ 茶仙子演绎七碗茶

老人的自豪和自信、荣光和兴奋，情不自禁溢于言表。原厂党委副书记冯老难持颤巍，当场赋诗："青天盛世新风雅，百岁祁红绽金葩。喜看新人频出彩，更期锦上再添花。"

　　老人聚会，使我脑洞大开，明白一道理：历史和文化需要物化载体，祁红博物馆理应成为承载祁红茶粉情感的平台。事后，我向解说人员打探，果然得知：开馆以来，几乎每天都有客人来访，尤其周末旅游团队更多。

　　茶文化业态开启，令人眼花缭乱。祁红博物馆是一种，还有近年浮现的文化研修之旅，即是另一种。譬如一支名为中国茶俱乐部·祁门研修之旅的团队，就是专为祁红而来。团员多系日本人，带队的叫池谷直人，他们对祁红极其虔诚，不但事先做精深功课，且随身带厚厚资料一本，所到之处不时查阅并认真笔记。走茶园采茶，到车间看制茶。随后在牯牛降景区，听我讲祁红的过去、现在和未来。授课完毕，茶友提问："祁红产区有多大？目前市场上的祁红都是祁门产吗？祁红在出口红茶中比例是多少？以法律手段管理祁红市场要多少时间？"我发现久藏各位大神心底却找不到发泄的困惑，十分深刻，于是拼尽吃奶力气，将几十年积累和盘端出，力争给国际茶友一满意答复，同时自我深受启发，明白下步努力方向。下课后，茶友疯狂扫货，事后主事者发微信："学者详述祁红文化历史，友人记录不及。目前茶货扫空，明日再扫他地。看来小伙伴们的努力初见成效。"同时配发大把钞

※ 祁红古道

※ 春馨庄主胡云霞的深山老宅

※ 祁红古道开通仪式

※ 祁红茶园

票的照片，估计数万元。类似研修事例，还有沪上公刘子茶道茶友问祁红，我再次受邀为之授课，听者几近痴迷，不啻为祁红魅力所倾倒。

茶文化业态可谓疯狂，然茶旅业态似乎更为超越。其以采风体验为主旨，不但大众化，且新潮便捷，尤其受年轻茶粉钟爱。这方面范例，祁红庄园、祁红古道、祁春庄园、凫峰庄园、祥源茶基地最牛。

祁红庄园与牯牛降景区同为业主，得此优势，乙未年春，庄园策划一场高端洋气茶事活动：茶仙子醒悟七碗茶。我受邀到场助阵，感觉逼格至顶，颜值爆表，令人叫绝。那天艳阳高照，上午仙子率队到茶园采春制春，老茶师读祭词，茶姑焚香开园，泥土芳香飘满天。下午重头戏是牯牛湖演茶艺。青山绿水，蓝天白云，我等三十名俊男靓女，一色白服麻裤黑鞋，手持茶盏，坐浮桥蒲团，闻乐声而动，追仙子而行，赏茶汤，嗅茶香，啜茶味，动作温文尔雅，氛围诗情画意，勾勒绝妙画面：绿水碧波桥晃动，仙风道骨茶人静。茶人依浮桥折势，一字排开，烘托正中红围脖仙子。山风微拂，松涛轻吟，万籁无声，人在浮桥坐，茶韵入人心，天地间满是禅茶，那场景要多幽雅有多幽雅。晚间，红茶坊开讲高端论坛：金奖百年，祁红之元·让祁红回归生活，活动达高潮。如此雅致茶事，再加周密策划，新浪网现场直播，各路媒体大神云集，舆论效果堪称空前绝后。尤其茶仙子鲍丽丽，以中国茶文化推广大使靓姿，乘清明春风，于山光水色中为巴拿马百年祁红金奖喝彩，同时架起通往意大利米兰世博之桥，开启祁红又一个新的百年，影响满天下。

祁红古道地处祁红故里的平里镇程村碣。1915年美国巴拿马举办赛会，这里有一春馨茶庄以祁红参赛，一举拿下金奖，声誉传百年。近年茶庄后裔，一名君祁者力挖历史积淀，居然找到春馨庄主胡云霞的深山老宅，同时发现老宅周边许多苍劲挺拔古茶，其绞尽脑汁策划，命名为祁红古道，吸引众人蜂拥而至。镇政府因势利导，于2015年元旦，举办开通仪式，引发古道发飙，招来游客如过江之鲫。人们穿祁红第一村门楼，到光坑后驻车，进入两山夹一坞幽谷，看山路串阳光，葱林牵山泉，婉转鸟鸣，温柔山风，古老茶园，尽显美意。尤其沿途里棚、中棚、外棚三居民点遗址，空房和屋基，充满诱惑。更有春馨茶庄老板故居，两百年山风吹不倒，茂林簇拥，门前溪水跳荡，周边片砌石坝，大气豁达，魅力四射。屋前片石门楼，壮实粗犷，爬满藤蔓，凛凛威风不减当年，很有金奖得主派头。内部老宅，虽说木架坍塌，板壁将倾，濒临倾倒，然坚贞不屈抗争屹立，似诉岁月摧残之苦，给人许多遐思。门外还有桂花树，四季开花，说是故居主人当年卖茶至粤带回遗产，也属可爱。还说过故居再上行，山顶还有七里亭等古建，道路更幽深，风景更迷人。由此胡云霞故

※ 茶人聚集祁春园

居，不久便跻身为个性极具的祁红活化石，成为百年遗响、乡村旅游精品，为祁红产业，乃至黄山旅游，再至中国茶史，都添光加彩。世人领略古树茶，也算分享金奖福气。

祁春庄园地处箬坑乡金山村。庄园总面积两千亩，2011年起步，一肩挑起茶园观光、农家体验、林下经济、水果野菜、特色养殖、水面垂钓、木屋客栈、品茗发呆等多项功能。曾有一拨韩国人来过，茶园走一圈，下山就抢茶，几乎买空茶仓。乙未初秋，我专去其中探秘，发现庄主妙招，的确不凡：一是黄金区位，左右逢源。庄园紧靠历口和闪里古镇，背依百佳摄影点降上，距离不足二里；南临牯牛降观音堂风景区，距离十公里；近邻天然氧吧御医村历溪，仅一山之隔。与周边景点关系，看似互相借光，实为众星拱月。二是生态原装，功能多元。整个庄园形如聚宝盆，外为入口，内围皆山，中为小盆地。坐车登山兜圈，环顾至顶山道，起伏蜿蜒，一览众山小。远眺可见牯牛大岗，峰峦叠翠，云蒸霞蔚；近观可见降上人家，紫气岚生，可览金山村落，隐没丘陵，小河如带。鸟瞰脚下，梯形茶园环绕，果木穿插其间，灭虫黄旗飘，野蕨茂草长，陡峭处油茶临风，杨梅杜鹃相伴。再望下面盆地，楼阁亭台、池塘水榭、客栈茶寮加工房，一应俱全，不但功能齐备，且环境幽雅，似园林似会所似工厂，什么都不像又什么都像。尤其中心位置，挖出两口山塘，亭立其旁，石板步道绕水，既可垂钓，还便于茶娘浣衣，流水潺潺，人泉互望生香。三是巧妙设计，创意独特。登山道为仿生水泥浇筑，与山脉一体，胜似原装。亭阁水榭风格均徽派，取名也别有洞天，诸如榻春阁、润香榭、茶香歇、茶客迎、双潭映月，内涵复杂。问来源，说是来自本土文人的头脑风暴。四是生态饮食，

※ 茶点

原汁原味。茶叶纯天然生产，丝毫不沾化肥农药不说，餐饮更具特色。我等享受中餐：清炖石鸡、锅仔河鱼、红烧土猪肉、五香茶干杂什，外加水蕨丝瓜等素帮搭配，山风山味掠舌尖、滚牙床、触味蕾、慰问肠胃，五脏六腑一个爽。再加几杯小酒落肚，短途脑残，晕乎晕乎，飘飘欲仙，真想永远沉淀于此，不走了。至 10 月，该企业作为祁红乡村旅游代表跻身第四届北京国际旅游商品博览会，再掀盖头。不久，黄山 168 国际徒步探险大本营选址其旁，前景潜质愈发诱人。

旅游业态有快感。2015 年，由中国农业国际合作促进会茶产业委员会发起的中国十佳茶旅路线评选，祁春庄园、祁红博物馆，以及祁红古村落精品茶旅线三家上榜。再说茶点业态。祁红山区民以茶为天，茶点必不可少。举凡三时四节、贵客登门、访亲问友等闪光节点，茶登场，茶点必为配套，俨如夫唱妻和。

※ 茶点字豆糖

2014 年冬，祁门闪里字豆糖狠火一把就是范例。字豆糖为祁西农家独创，有上百年历史，以闪里和新安两地最负盛名，堪称徽州一绝。字豆糖由糖稀、黑芝麻粉、黄豆粉三原料组成，经熬糖、磨粉、搅拌、压实、制字、拉伸、切片等二十八道纯手工工序巧妙制成。成品糖片，每片都有一个吉祥汉字，或福或禄或寿，以及其他，可食可赏，引诱无数吃货，意欲大快朵颐，又不舍其美。为此各路电视台纷纷前来拍摄，引爆市场一番火热。为此，一位叫汪镇华的青年，慧眼识珠，专门创办徽乡缘食品厂，重点破解配字工艺，制出各种文宁的字牌，以满足客户需要。其实呢，祁红菜区类似茶点食品数不胜数。譬如还有苞芦松，一种膨化食品，再如盐水豆，一种豆类食品，以及松糕，一种米类食品，均是地道土著，典型山货，与香茶为伍，属绝配黄金搭档，不尝不知道，一尝忘不掉。茶家户户有，市场难买到，神秘神奇神圣，以道地生态原装食材，为吃货打造肠胃的高级港湾，诱人欲罢不能地爱上。

一片小小树叶，飘起飘落，从太平洋到大西洋，以一抹通红茶色濡染了西方人的生活，营造出别致的风景。然而，那都是曾经。如今，百年时间打马过。在这片树叶的故乡，善于玩茶的人们，更利用生长树叶的土地，释放出五彩缤纷的色彩，诸如博物馆、庄园类硬通货，抑或游学、研修等软卖点，业界称之为新产业。但愿这是催春的布谷鸟，唤醒将是百花齐放、百鸟争鸣的春天，以高颜值的担当，扛起中国红茶的大旗，来一场叫春的业态秀，给世界一个弹落眼珠的惊艳和震撼，深切期待！